熱帶夜

트로피컬 나이트

趙禮恩 조예은—著　陳品芳—譯

繁體中文版序

臺灣的各位讀者，大家好。

初次見面，我是《熱帶夜》的作者趙禮恩。

如果說在寫這篇序文的時候，我感受到某種命中注定的悸動，各位會相信嗎？在正式開始創作小說之前，還是學生的我曾耗盡自己身上所有的錢去臺灣旅行。我先到了臺北，然後去了臺南、高雄，最後再回到臺北。我還記得自己去了當時幾間知名書店，看著其他作家的作品陳列其中，內心非常羨慕。那已經是好幾年前的事了。時光飛逝，臺灣版是《熱帶夜》第一個外語版本，能透過這種方式跟臺灣讀者見面，真的讓我非常高興。小時候，我是一個等待惡夢的孩子。只能在夢中看見的那些奇妙場景、沒有脈絡的故事，深深令我著迷。雖然做惡夢會使人疲憊，但當我把留在記憶中的畫面，以及只能在夢中感受到的強烈情緒寫在筆記上後，我就覺得自己掌握了珍貴的碎片，能通往無人涉足的世界，那甚至令我感到滿足。

《熱帶夜》就是從這些筆記發展出來的故事。書中收錄了將我的惡夢與渴望盡情揉合的故事，希望各位能夠帶著窺探好友的陌生夢境的心情來享受這本書。我相信夢與幻想帶來的力量，也深愛只有故事才能帶給人們的安慰。書中的故事在最初有如盛夏夜裡的苦澀惡夢，但希望在最後能成為各位想要收藏在心裡的一小塊碎片。

Contents

嗨，孩子們

站在幼兒園老師的立場來看，像萬聖節這樣需要準備大量道具的活動，實在是無比麻煩。因為他們必須從好幾個星期之前，就開始夜以繼日地準備活動。當然，我們幼兒園更是重視，因為我們可是招牌上掛有「高級」兩個字的英語幼兒園。

但如果只是這樣，還不會讓我討厭萬聖節。看孩子們做著有些粗糙的萬聖節裝扮，開心歡笑的模樣，我也感到相當愉快。同時我也感覺到，家長的裝扮技巧一年比一年好。現在的父母都很希望能讓人們看看自己的孩子有多可愛、穿上了多麼精美的服裝。打扮好之後，甚至還會開直播或拍照上傳到社群呢。

不過，偶爾還是會覺得，孩子們就像裝備了道具的遊戲角色。沒為什麼，就只是有這樣的感覺。

既然是萬聖節，就來聊聊幽靈吧。我們幼兒園有個怪談，就是每天晚上都會有個透明的孩子，在園內四處跑跳的無聊怪談。其實我很喜歡聽怪談，畢竟事出必有因。那些荒謬到足以被稱之為怪談的事情，或許也都有其發生的原因吧？也就是因為這樣，刑警先生才會坐在我面前，聽我說這些荒謬至極的事啊，對吧？

那是我九歲時的事。我是個常穿灰色T恤的孩子。那是媽媽在菜市場，花一萬韓元[1]買來的，五件一組，我總是輪流穿。媽媽認為，灰色無論沾上什麼都不容易被發現，而同樣的衣服也能減少每天煩惱穿什麼的時間，這樣比較有效率。但某天，坐我隔壁，跟我感情沒有特別好的同學問說：

「妳為什麼每天都穿同一件衣服？」

我啞口無言。看我慌張了起來，他感到十分有趣，便衝到走廊上大喊：

「銀株說她一整個星期都穿同一件衣服！她好像都沒洗，有好臭的味道！」

【編註】

1. 約臺幣兩百三十五元。

那一刻，我彷彿產生了身上真的有味道的錯覺，那是一股強烈的惡臭。因為嫌麻煩而一口氣買好幾件同款上衣的媽媽、大聲羞辱我的隔壁同學、像在看怪人一樣看我的班上同學、帶著憐憫眼神望向我的班導師，都讓我感到恐懼。那一刻，我希望能從這世界上消失。

那天回家之後，我拚命對媽媽耍賴，要求她讓我換衣服。雖然隔天我換了另一件T恤，但心情依舊低落。就在我好不容易打起精神來到學校，一打開教室的門，卻發生了一件驚人的事。以前的教室，後門旁邊都一定會掛一面鏡子。我猛然回頭一看，發現鏡子裡照不出我的身影。你懂我的意思嗎？

你還記得電影頻道偶爾會播的《透明人》嗎？那是一部以透明人為主角的科幻驚悚片。我的情況就像那部片，教室的人都看不到我。一開始我很開心，因為我那天真的很希望自己能消失。那一天，我試著捉弄那些平時很愛搗蛋的孩子，開一些很無謂的小玩笑。但我漸漸開始感到害怕，因為都沒有人問我去哪了。再這樣下去，我會不會真的永遠消失？這個想法讓我一路哭著回家。幸好，隔天一切又恢復原狀。昨天我消失了一天，但大家似乎根本沒有發現，隔壁的同學依然在捉弄我。什麼？你覺得這很荒謬？我同意。畢竟是小時候的事，也有可能是我把奇怪的夢誤當成現實了。

不過，我偶爾還是會想起這件事。大人也會有渴望從世界上消失的時刻，孩子們當然也會。孩子們常常會哭著說想回家嘛，那其實就是他們想消失的時候。他們不想待在這裡，想去其他地方，去一個不會讓自己受到傷害的地方。所以，我的意思是說，消失的傑會不會也是這樣呢？

傑是個很靦腆的孩子，我從來不曾見過像他這麼安靜的小孩。這樣的他，竟主動說要當萬聖節活動的主角——吸血鬼德古拉，實在是令我感到意外。只不過，最後沒能如他所願。因為主角早已決定好了，是公寓社區裡話語權最大的婦女會會長之子，她跟園長的交情很好。是的，即使是在孩子們生活的空間裡，依然得照著大人的遊戲規則來走，只不過孩子們不知道罷了。或者說……他們其實深知這一點。

傑沒有演出德古拉，而是成了德古拉身後，那宛如背景陪襯一般，需要不斷擺動身體的幽靈一號。這個角色不需要額外的裝扮，是一個只需要拿一塊白布，在上頭穿兩個洞讓眼睛露出來就好的臨時演員。雖然很遺憾，卻也無可奈何。在這樣的幼兒園活動裡，想得到眾人喜愛的孩子總會表現得特別明顯，孩子們也比誰都要清楚這件事。對這個年紀的孩子來說，眼前所見就是他們的一切。有樣學樣，這可不是孩子的錯。

幽靈，傑實際上是個像幽靈一樣的孩子。他穿著灰白的幼兒園制服，總在園裡徘徊到晚上……啊，這個意思是說呢，我們幼兒園最晚能夠照顧園生到晚上八點，深夜班會在八點結束。因為這一帶很多都是雙薪家庭，所以只能這樣。在孩子們回家之前，幼兒園老師是不能下班的。

傑的父母經常超過時間還沒來接他。他們會託幼兒園照顧孩子到九點，有時甚至要到接近午夜時才能來接他。通常是穿著正式套裝的母親來接，偶爾則會看到渾身酒氣的父親出現。而傑總是靜靜地等著他們，從來不曾吵鬧，他已經很習慣等待了。可是我在工作的過程中發現，在連大人都會感到不耐煩的狀況下，孩子卻還不為所動，實在不是一件好事。這些無聊的時間，傑都是怎麼撐過去的呢？

總之，那天，來幼兒園接他的是一臉無比困倦的母親。那孩子回頭看我的眼神，我至今都還記得很清楚。接下來的事情，就跟警官您所知道的一樣了。

擠滿禮堂的家長之中，並沒有看到傑的父母。傑披著一塊白布，隨著音樂奮力扭動他的身體。他就像個想盡辦法彰顯自身存在的幽靈，無比迫切。只是除了我之外，沒有任何人注意到傑，因為大家都忙著關注自己的小孩。有些孩子穿著老師準備的舞臺裝，有些則是穿著市售的精美服裝，傑的幽靈裝扮可說是極為不起眼。然後表演結束了，孩子們排成一列，對著觀眾席鞠了九十度的躬。我一直看著傑，不知為何，我無法將視線從他身上挪開。不知為何……我總覺得傑的腳踝看起來一直很模糊。

那時，站在傑旁邊，一個身穿魔女裝扮的孩子不小心踩到了他身上的白布。布被緊緊踩住，讓傑狠狠跌了一跤。眼睛的洞離開了原本該在的位置，看不見路的傑只能拚命掙扎。為了把跌倒的傑扶起來，我趕緊跳上舞臺。我伸手抓住那條飄啊飄的白布，然後抱住那個無力倒在地上掙扎的孩子。瞬間，原本吵鬧的觀眾席都安靜了下來。一股近乎恐懼的空虛襲擊了我，我的手臂完全感覺不到任何重量，只有白布輕薄絲滑的觸感搔癢著我的肌膚。我緩緩睜開眼望向我的懷裡——那個傑應該在的位置，卻沒有任何東西。真的，什麼也沒有。

我懷中留下的，只有那宛如幽靈外皮的白布。最終，就連那塊白布都從我手中滑落，無力地攤在地板上。這就是萬聖節失蹤事件的始末。

肉與石榴

玉珠遇到石榴，是在先生下葬後還不滿二十天的一個夏日。那天，玉珠像往常一樣到殯儀館，負責料理白切肉的工作。下班時，她的指尖沾滿腥臭的豬騷味，身上的尼龍開襟衫也吸附了殯儀館特有的氣味。只記得那天熱氣蒸騰，在柏油路上每踩出一步，都能感受到噴湧而來的高溫。即便殯儀館整天開著空調，冷空氣始終吹不到貼在瓦斯爐旁工作的她身旁。廚房的高溫與辛勤工作的汗水，總令她渾身黏答答。她只想盡快回家沖個冷水澡。

掏出鑰匙前，玉珠抬頭看了看那寫著「付央內甫」的招牌。這原本寫著「符英肉舖」的老舊招牌，字跡早已隨著時間剝落，如今都快無法辨識原來的店名了。曾經，這一間店擔起了街坊鄰居每一餐的肉品供給，以及玉珠一家人的生計。在百貨公司進駐本只是片農地的隔壁村落前，玉珠與先生共同經營的肉舖總是門庭若市。只不過，人生沒有什麼永遠的事。如同過去閃閃發亮的新招牌如今褪色一般，任何紅極一時的事物都有衰退的一天。這是理所當然的定律，只是先生始終不願承認。

自百貨公司完工那一刻起，商圈便迅速轉移。市區再也不是市區，而被稱為舊市區，來店裡買肉的客人也少了一大半。鄰居大多把店給賣了，改搬到百貨公司附近討生活，而玉珠也認為他們該追隨大家的腳步。畢竟若想繼續做生意，那趕緊跟上人們的步伐才是對的。不過先生在這裡住了一輩子，他執拗地拒絕離開，彷彿被誰給牢牢釘在這條街上。這使他們夫妻只能留在原地，再也無法前進。

那都是十多年前的事了，這些年來人們接連消失、離開。無論是父母親，還是已經長大成人的孩子，或是鄰居與好友，甚至就連先生那個釘子戶也拋下玉珠先走。現在留在這條街上的，只剩下玉珠一個人。也因此身旁的這一陣聲響，令她感到無比陌生。

她聽見一陣咀嚼聲。那聲音彷彿是餓了好幾天的野獸，正著急地撕咬著生肉的聲響。玉珠轉過頭去，望向那未知噪音的來源。她的視線停在店門前的電線桿旁，只見一個披頭散髮的腦袋正在那翻著垃圾堆。

「你在做什麼？」

陌生的光景令玉珠看得目瞪口呆，問句下意識脫口而出。時間已經超過晚上八點，但八月的夜晚依然炎熱。玉珠眼前這名怪漢身材矮小，比起人類，更像是迷了路誤闖城市的野獸。真要說起來，無論是野獸還是男人，對玉珠來說都同樣危險。在胡亂搭話之前，她應該先報警或叫救護車。但玉珠實在沒有餘力回頭看看有什麼地方能讓她躲起來報警，更沒有尖叫求救的力氣。她僅剩的力氣，只夠她張嘴說個幾句話。而且不知是不是因為天氣太過炎熱，連帶使她無法正常思考，才會又一次開口提問。

「是誰在那？」

那名披頭散髮的怪漢聽見玉珠的聲音，便從垃圾堆中抬起頭來轉頭望向玉珠。瞬間，玉珠與「那個」對上了眼，那是一張如死屍般毫無血色的臉。

「……」

那有如石榴籽般鮮紅的瞳孔藏著敵意與警戒，被蒼白的膚色襯得更為鮮豔。冷汗流過玉珠的太陽穴，她的雙唇顫抖，只是這次卻發不出聲。她呆站在原地，而「那個」也沒有任何反應。食物因高溫而腐敗的惡臭刺激著鼻尖，此刻，玉珠只想立刻洗去一身的汗水與臭味。她趕緊掏出鑰匙來，顫抖的雙手令她始終無法將鑰匙準確插入鑰匙孔中，這也使她煩躁了起來。先生還在世時，她便要求好幾次要更換成密碼鎖，先生卻嫌記密碼麻煩，始終不肯換掉老舊的鑰匙鎖。他原本就是這種人，痛恨所有陌生的事物，習慣待在熟悉的同溫層裡，所以最後才會那樣離開人世。

好不容易把鑰匙插進孔裡轉開門鎖，很快地，玉珠聽見與往常一樣的門鎖開啟聲。這一帶實在太過安靜，門鎖開啟的聲音顯得更為清脆。玉珠不自覺往旁邊看了一下，恰好從因汗水與污垢而結塊的頭髮之間，看見「那個」似乎正慌忙地不知拿起什麼往嘴裡塞。仔細一看，那是一塊早已爛透發綠的生肉。「那個」似乎餓了很久，瘦成了皮包骨，毫不在乎肉早已腐爛發霉。就在玉珠透過眼角餘光往後頭瞄時，他仍不斷咀嚼著那塊肉。不知不覺間，玉珠接受了外型神似人類的「那個」。也許就像野狗或野獸等野生動物一樣，如今也出現了在野外遊蕩的人類，或者是她不小心將殯儀館的髒東西給帶回家，再不然就是因為先生剛離世不久，連帶自己的精神狀況也出了問題，才會看見這種怪東西。她躲進鐵門內，思考著各種可能。直到進了屋內、關上門並重新將門鎖上之後，她怦怦跳個不停的心才稍稍平靜下來。

玉珠的家是棟屋齡超過四十年的住商混合建築，從餐廳兼肉品處理區的大廳往內走，便是玉珠日常主要活動的小房間。經過原本是廚房的空間，就是一道隨便以水泥砌出來的陡峭樓梯。樓梯一邊通往地下，一邊通往二樓。地下室做倉庫使用，二樓則是她先生生前臥病時待的房間，而在先生生病之前，那裡則是他們的主臥室。沒事的話，玉珠通常不會上二樓。這多少是因為樓梯太陡，爬上去總讓她膝蓋疼痛，但實際上還有其他原因。

玉珠還沒能整理掉先生去世前所躺的那床棉被。生病之後，她先生就像被困在透明監獄裡一樣，只能在那長方形的空間裡動彈不得。一想到當時的情景，她就像是被人一口氣硬塞了一大把年糕似的，痛苦得就要窒息。這並不是在接受先生死亡的過程，而是因為她總忍不住想像自己也同樣躺臥在那的醜態。要說這兩者之間有什麼不同，那就是先生臥病在床時，身旁還有玉珠照顧、賺取生活費、送飯、擦澡，但若是玉珠臥病在床，就只有她自己，沒有人能為她做這些事了，她想必會孤零零地離開這個世界。她深知那使先生喪命的癌細胞也可能在她體內滋長，但憑空想像跟實際聽到醫師如此宣判，又是截然不同的兩回事。

她在小房間與廚房之間的浴室裡，用大水盆接了些水洗澡。直到這時，她才終於覺得滲入皮膚的那些氣味不再那麼重。玉珠習慣性地將手指湊到鼻尖聞了聞，那洗去了豬腥味，染上獨特自來水味的手指令她感到舒暢。她泡在溫水裡閉上眼，短暫沉浸在思緒中，嘗試思考她的未來、思考是否有可能讓自己不要在悲慘與孤獨之中迎接死亡。年紀比她大十歲的先生因癌症而死，唯一的兒子則在十年前為了創業而前往菲律賓，之後便再沒了消息，連是生是死都不知道。而她也沒有會定期碰面的朋友或信仰的宗教，如果說有一棟位在地區邊陲，可以稱作家的老舊建築是一種幸運的話，那還真是不幸中的大幸。玉珠舀起盆子裡的水，緩緩淋在臉上、肩上、胸上。她將手按在長出腫瘤的大腸附近摸了摸。為了仔細確認這可疑的腫瘤究竟是惡性還是良性、是否轉移到任何地方，醫生表示必須做組織切片檢查。醫生還說，畢竟也有些年紀了，盡快掌握腫瘤的狀況比什麼都更重要。玉珠點點頭表示明白，但走出診間後並沒有預約下一次看診，而是直接返家。無論肚子裡的腫瘤代表的是怎樣一種癌症，她身旁沒有人陪伴、她遲早會死的事實，也都不會改變。既然這最重要的兩件事不會變，那何必去在乎其他的小事呢？年過六十的她，在這樣的情況中還要去想未來的事，實在令她感到很吃力。是因為這樣嗎？是因為身體日漸虛弱，才會看到奇怪的東西吧？玉珠想起進家門前驚鴻一瞥的那雙陌生眼睛。她開始想像那如石榴籽一般鮮紅的眼，以及令人難受到願意翻找垃圾堆的飢餓。

殯儀館的同事之中，也有人經常看到一些異樣的東西。那位同事每次下班都不會立刻回家，而是會去超市或市場等人多的地方走一走，或是先在家門口撒點鹽巴再進門。畢竟是在殯儀館工作，會有這樣的迷信也是無可厚非。不久前，住在隔壁社區的劉氏說，她婆婆死前一天，曾經像個孩子一樣哭訴說晚上有黑色的物體來到她身旁要帶她離開。她婆婆年逾九十又有失智症，因此劉氏當時並沒有多想，不知道為何她會突然想起這件事。

玉珠洗好澡後便來到廚房，從櫥櫃裡舀了一匙粗鹽裝在碟子裡。隨後推開小房間的門，穿越以前用來處理肉品的大廳，並在玄關門前停了下來。越過滿是刮痕的玻璃窗，她看著剛才「那個」所在的垃圾桶。她剛才所目擊的景象並非是夢，只見專用垃圾袋破了一地，裡頭的東西散了開來。「那個」去了哪？她打開只足夠讓一隻腳站出去的門縫，朝外頭看了看。時間已經接近午夜，這位於舊市區邊陲的巷弄沒有任何行人往來，寂靜無聲。玉珠想起同事所說的話，便拿起一小撮鹽往門外撒去。鹽巴掉落在地上的聲音意外悅耳。唰、唰，她聽見不知何處傳來波浪拍打海岸的聲音。她打算繞著房子外圍撒一圈鹽巴，於是便走出大門，接著便再一次面對雙腳併攏，蜷縮在垃圾桶旁打瞌睡的「那個」。

「那個」的身影太過清晰，既不像是幻象，卻又無法斷定是人類。以防萬一，玉珠在他周圍撒了點鹽巴，但「那個」卻依然靠在骯髒的垃圾桶旁打著瞌睡。玉珠將盤子放在地板上，小心翼翼地跪坐在「那個」面前。油膩膩的頭髮之下，是一張傷痕累累、白到發青的臉孔。玉珠知道，那偶爾會微微顫抖的睫毛下，是一雙鮮紅的眼睛。稍後，玉珠才注意到「那個」握在手裡的腐肉、指節泛紅的乾枯雙手，以及不知穿了多久都沒換過的破爛衣服。玉珠不自覺伸手，她的指尖觸碰到粗糙的皮膚、摸到了肩胛骨的形狀。「那個」確實存在，沒有變得模糊也沒有消失，以一個尚未成熟的孩子的姿態，依然存在於那個地方。

這該怎麼辦才好？這是個炎熱的夜晚，應該不至於凍死。既然已經確認眼前的形體既非鬼魂也非幻象，玉珠就無法冷眼旁觀。該打電話報警嗎？那警察應該就會過來把「那個」帶走，應該會把他留置在局裡一個晚上，然後便送到設施去安置。這顯然是最簡單的方法。就在思考下一步時，玉珠聽到「那個」發出的聲音。

嘎吱吱、嘎吱吱……

那是人磨牙的聲音。就像心中還留有怨恨的人一樣，「那個」的嘴裡發出了嘎吱聲。記得現在生死不明的兒子，兒時也曾經像這樣磨過牙。玉珠沒有收回伸向「那個」的手，而是用力地握住了他的肩。「那個」皺起了眉頭，玉珠抓著他的肩搖晃了幾下。蒼白的眼皮突然一陣痙攣，沒過多久「那個」便睜開眼。是剛才看錯了嗎？他的眼不是如石榴籽一般的鮮紅，而是普通的黑色。看他睜著眼的模樣，像極了一個孩子，而玉珠也在一股莫名的情緒驅使之下主動開口說道：

「別待在這，進來吧。」

「那個」眨了眨眼，玉珠十分肯定，他的眼睛在一瞬之間變成了紅色。

玉珠讓「那個」進到家中之後，第一件事便是替他洗澡。由於長時間在街頭生活，且成天翻垃圾桶找食物，因此他渾身都散發著難聞的惡臭。她再度裝滿水盆，打開蓮蓬頭沖洗，並親手拿著毛巾搓洗他身上滿滿的污垢。對玉珠的不信任，使「那個」不斷掙扎，但或許是因為溫熱的水碰觸到身體，令他心情放鬆了下來，他很快變得聽話且順從。玉珠用洗髮精替他洗頭時，他還玩起了浮在水面上的泡沫。那乾枯的指尖上附著著長長的指甲，令玉珠忍不住多看了兩眼。如果不替他修剪，那肯定會有人受傷。指甲剪放在哪了呢？玉珠覺得，自己似乎是撿了一隻被母親拋棄的小貓回來。

「喂，你叫什麼名字？」

「……」

「那個」只是眨著眼，不做任何回答。他究竟是什麼東西？究竟是不是人？為何會選擇以腐肉果腹？到底會不會說話？玉珠的腦海中浮現許多個問題，最終還是決定不問出口。「那個」在洗澡的時候，不斷發出宛如動物幼體的呻吟聲。

洗完澡後，玉珠才發現沒有能給他穿的衣服。原本他身上的衣服太過破舊且骯髒，已經無法再穿了。玉珠將他留在小房間一角，隨後便上到二樓。這是先生去世之後，她第一次來到二樓。二樓的抽屜櫃裡，還留有她尚未處理掉、先生所遺留下的衣服。時隔已久再度開啟二樓的房門，一股霉味、濕氣與先生的體味飄盪在空氣中。那是先生逐漸邁向死亡時留下的味道。

角落的那床棉被，彷彿隨時都會伸出先生乾枯的手。玉珠努力忽視那床棉被的存在，手腳俐落地從抽屜裡拿出一件鮮豔的T恤與短褲，便趕緊離開房間。她走下陡峭的樓梯，同時聽見「那個」在房裡打滾所發出的聲響。隨後是一陣嘔吐聲，那是一種吐到連內臟都快跟著吐出來的痛苦聲音。玉珠趕緊回到小房間裡，稍早還好端端的「那個」，這時竟緊抓著自己的喉嚨，朝著地板嘔吐。看那從他嘴裡吐出的黃褐色肉塊，垃圾桶裡的腐肉想必就是嘔吐的原因。玉珠跑上前去，一邊輕拍著他的背，一邊替他擦去嘴邊的嘔吐物。「那個」的身體無比扭曲，彷彿連胃都要吐出來一般難受。玉珠一手輕輕安撫著他，另一手則伸向抽屜裡摸索備用藥。助消化的藥放哪去了？也就在這時，不知「那個」是不是已經將剛剛吃下肚的東西都吐了出來，他停下嘔吐的動作，開始調整自己的呼吸。玉珠慌忙問道：

「好多了嗎？如果還是很不舒服，就要去醫院……」

玉珠好不容易找到腸胃藥，轉過身便對上了那雙望著自己的血紅眼睛。那個東西的臉因痛苦而扭曲，並朝著玉珠撲了過去。

他試圖咬玉珠的脖子，玉珠反射性地伸手去擋。那個東西渾身散發兇殘的氣息，嘴巴張得老大。與此同時，他的腹部還發出咕嚕嚕的聲音。玉珠緊閉上眼，手腕被撕咬的疼痛感，讓玉珠伸出另外一隻手去摸抽屜櫃上頭的花瓶，接著她使力將花瓶往那個東西頭上一砸。啪，先是一股強烈的撞擊感，隨後玉珠手中的花瓶便碎了一地。原本緊緊咬著玉珠手臂的那個東西也隨即鬆口，只見玉珠的手不斷湧出鮮血。

玉珠調整呼吸，看著已經失去意識癱倒在地的那個東西。她手上缺了的那塊肉，就卡在那個東西的牙縫裡。昏昏沉沉之間，她拿出醫藥箱來，撕了塊紗布將傷口包覆起來。一股灼燒的刺痛感令她幾乎要失去意識。她來到那個東西面前，用顫抖的手抬起他的眼皮，查看他的狀況。在日光燈之下，她所看見的不是紅色，而是呈現深黑色的瞳孔。玉珠安心地鬆了口氣。

她究竟在想些什麼？怎麼會將這詭異的東西帶進家裡來？即使她現在立刻將這怪物趕出家門，也絕對不會有人說她的不是。反倒是將這東西趕出家門，才是一般人正常的反應。但玉珠卻沒有將其驅逐，而是撿起了那個東西嘴角的肉塊。自己手上的肉被他給咬了下來，既然這塊肉被咬了下來，便無法再回到自己身上。於是玉珠選擇輕輕將肉塞進那個東西嘴裡，即使已經昏迷過去，那個東西依然本能地咀嚼送進嘴裡的肉塊。

玉珠的視線在眼前這隻乾癟的怪物，與自己受傷的部位之間來回。那個東西離開這裡，被交到警察或其他任何人的手上之後，會有什麼樣的遭遇呢？在街頭生活風險很高，他想必無法堅持太久。他的眼睛肯定會再次變紅，試圖奪取其他的肉。他很可能會被送去某個研究機構，或被當成誤闖都市的野獸而遭到射殺。瞬間，安樂死這一個詞閃過玉珠的腦海。真想被安樂死啊，玉珠喃喃自語著起身。時間剛過午夜十二點，手上的傷口很深，要走到有急診服務的醫院似乎有些困難。

她拿起手機撥打一一九，告訴對方自己在餵野狗時，手不小心被咬了一口。掛上電話後，玉珠看著屋內的一片狼藉。那個東西吐出的腐肉仍傳出陣陣惡臭，而此刻倒在地上沉睡的他，則依舊像剛被玉珠帶進門時一樣，緊緊咬著牙。除了頭上的傷口之外，他睡著的模樣看起來還算平靜。

該拿他如何是好？

玉珠沒有將怪物綁起來，而是決定暫時不做任何處置。她來到廚房，從冰箱裡拿出熬湯用的牛肉放到碗裡。等到早上，這些肉應該就退冰了。她替那個東西蓋上被子，隨後準備前往醫院包紮。她沒把門鎖上，要走還是要留，就交給那個東西自己選擇。

玉珠走到屋外等救護車。稍早那個東西在門口翻找垃圾，散落一地的垃圾袋，看起來確實很像野狗曾經來過。救護車很快抵達，穿著橘色衣服的救護人員領玉珠上車。前往急診室的路上，玉珠一直在想，即使接受治療，但接下來幾天似乎難以用受傷的手應付殯儀館的工作。她還有多少存款？雖然不多，但應該暫時不必擔心生活費。只是手好了之後，她是否得再重新找工作？錢總有一天會用完……用完之後呢？她感覺自己彷彿受困水底，很快就要窒息。可笑的是，她並沒有責怪使她受傷的始作俑者。玉珠非常清楚，她的沉悶與茫然，絕對不是因為那個東西。她的手之所以會受傷，就像是飢餓的野狗會去抓老鼠來吃那樣，是再自然不過的道理。

救護車很快抵達醫院，玉珠連聲道謝後便下了車。她聽見身後的救護隊員說道：

「最近有很多人報案說被野獸咬傷。是因為現在是夏天，野獸比較活躍嗎？」

「但沒聽說有動物脫逃啊。」

「前陣子在山上發現的屍體也……」

這是座小城市，但深夜的急診室卻人滿為患。酗酒的人、遭遇車禍而渾身是血的人，也有些人一點症狀都沒有，就這麼靜靜迎接死亡。那些失去求生意志的人，玉珠一眼就能辨識出來。長時間照顧臥病在床的先生，她才培養出這樣的直覺。這世上有許多生病的人，死亡的樣貌也總是多變。殯儀館也是個多變的場所。有些人的告別式擠滿了來弔唁的賓客，就連喪主都無法好好答謝每一個人。也有不少人舉目無親，連個告別式都沒能舉辦便直接火葬。玉珠一邊接受治療，一邊想像自己這一生的結尾。她的身邊想必不會有任何人，想必會是空無一人的寂靜。

隨即，她感到一陣委屈。縱使人生無法真正計較利害得失，她卻沒想到自己會做這麼賠本的生意。都到了這個年紀，她竟還能對自己以外的事物燃起熱情，著實令她自己都感到驚訝。這與孤單是不同層次的問題。不，她確實是感到孤單，只是這又更……該怎麼說呢……這是與結局有關的問題。不會有人希望自己的一生，最終跟玉珠一樣。沒有人希望自己的人生，會發展成最糟糕的樣子。她這一生明明就活得很認真，為何會變成這樣？先生直到臨終之前都還有人照顧，但她究竟是哪裡比不上先生？為何她得孤獨迎接死亡？說到頭，一切都是運氣使然。運氣不會分辨人的好壞，這世界並不公平。只是，若恣意妄為就是這世界的運作的道理，那也不需要對玉珠如此殘忍吧？

傷口很快就包紮好了。醫師囑咐，受傷的部位這段時間絕對不能碰水，還開了止痛藥跟消炎藥給玉珠。隨後醫師又用困倦的聲音補充說，幸好咬玉珠的那隻野狗並沒有狂犬病。玉珠是在這時才知道，原來人得了狂犬病之後，到死之前都會一直覺得口乾舌燥。

從醫院回家的路上，她去了趟市場。即使手受傷了，該吃的東西還是得吃。如果她不自己想點辦法，就絕對不會有人把飯送到她嘴邊。她到店裡買了些小菜，這些是她平時會自己做的東西。隨後又到肉舖買了一點豬肉，而就在離開市場時，她又注意到了水果店，店內一角擺著早已過季的石榴。突然，她想起前一天的那雙眼睛。玉珠問了問價錢，便買下兩顆石榴回家。她不知道自己是為了什麼去買這酸溜溜的水果。上一次吃石榴是什麼時候的事？她都想不起來了。先生跟兒子都不喜歡酸的水果，因此她沒有機會吃石榴。記得年輕時，她非常喜歡這鮮紅的水果。只不過她喜歡石榴並不是因為美味，而是喜歡長時間觀察如寶石般的果肉，隨後再將果肉放進嘴裡咀嚼的感覺。

玉珠站在家門口。本打算掏出鑰匙，才想起自己出門時根本沒鎖門。那個東西，有著紅色眼睛的那孩子是否離開了？玉珠轉動門把開門，視線越過滿是灰塵的大廳，看著彼端的那扇小門，隨後便看到癱坐在門邊的孩子。那個東西抬起頭，看著玉珠走進門。他的眼裡沒有敵意。玉珠看見散落在地的空盤子，那是她出門前用來裝生肉的盤子，那個東西的嘴角還沾著血水。

玉珠來到那個東西面前，她突然感覺這幅情景熟悉且令她懷念。在這空間裡，也曾經有過這樣的時期。總是有人在等著自己回家、開著廣播聽音樂，充滿生機的時期。回到家中、面對這樣一個陌生的對象，竟絲毫不讓人感到害怕。不必面對生命逐漸消逝的空洞眼神、能夠迎上生機盎然的目光，竟是如此令人悸動！即便還不知道眼前的對象究竟是人還是怪物，那也無妨。玉珠將手中的黑色塑膠袋放到地上，在那個東西身旁蹲坐了下來。雖然吃了止痛藥，但繃帶下方的撕裂傷依然隱隱作痛。她不害怕，奇怪的是她一點也不害怕。她不僅不害怕，甚至覺得並不是她接納了那個東西，而是那個東西自己選擇她的。

或許真是這樣也說不定。

屋內一片寂靜，幾乎都能聽見蟲子振翅的聲音。玉珠從袋子裡翻出一顆鮮紅的水果。她拿起眼前的水果刀將石榴切開，並用力將石榴扳成兩半。只是稍稍用力一下，她手上的傷口便無比刺痛。玉珠將半顆石榴遞給那個東西。她知道，那個東西雖有人的外型，卻是以生肉為食。前一晚他吃下豬肉卻吐了出來，或許是因為那塊肉早已腐爛，又或許是因為他根本不能吃豬肉。看見那個東西會隨著眼睛變紅而渴望生肉，她聯想到近來深夜電影常見的殭屍題材。她只能猜測，或許那個東西就像殭屍，只能以人肉為食。那水果呢？他能吃嗎？那個東西一手接過玉珠遞過去的石榴，帶著一臉不知該如何享用的神情望著玉珠。玉珠朝著那一堆像是魚卵的石榴果肉伸手，示範性地撿起一顆石榴果肉並塞進嘴裡。她以臼齒將果肉咬碎，一陣清爽的酸在嘴裡擴散開來。她沒有將包覆在果肉裡的堅硬石榴籽吐出，而是直接吞了下去。玉珠出聲問道：

「你要吃吃看嗎？」

隨後，那個東西像是聽懂了她的問句，便撿起一顆石榴果肉塞進自己的嘴裡。玉珠聽到咀嚼聲，隨後那個東西便像是此生第一次品嘗到酸味一樣，眉頭顯得無比扭曲。玉珠伸手溫柔撫平他眉間的皺褶，那個東西眨了眨眼。沒過多久，或許是因為喜歡上這股酸味，他整張臉埋進那半顆石榴裡，大口大口吃了起來。瞬間，他的嘴邊沾滿了石榴果汁。玉珠抓著那個東西的手腕將石榴抬高，讓他不必把臉埋進裡頭。就在那個東西皺起了眉頭，眼底閃過一絲粗暴的光芒時，玉珠趕緊拿了顆石榴果肉塞進他的嘴裡。啪嗟一聲，那個東西眼裡的紅光褪去。玉珠就像餵食雛鳥的母鳥，拿起手中的石榴果肉，一粒一粒地餵著那個東西。每當她的指尖觸碰到那乾裂發青的嘴唇、每當碰觸到那一點也不像人類的尖銳門牙與犬齒，玉珠都會想像那個東西用牙齒撕咬自己的畫面。從手掌開始到手臂、頸間、胸口再到雙腳，她想像那個孩子啃食自己頭顱以外的每個部分。她雖感覺背脊發涼，卻不認為這是負面的想像。而那個東西就像張著嘴等待食物的雛鳥，靜靜接受玉珠餵到他嘴邊的食物。

向殯儀館告假已經一個星期，跟那個東西一起生活也已屆滿一個星期。不知不覺，玉珠開始稱呼那個東西為「石榴」。每當玉珠這麼叫他，他便會像知曉自己姓名的貓，乖巧地來到玉珠身旁。玉珠替石榴剪去滿是污垢的指甲、替他洗澡、餵他吃切碎的生肉。他們大多時間都一起待在小房間裡，石榴穿的是玉珠的先生留下的衣服。如果衣服太過寬大，用別針將鬆垮的衣服固定住，也是玉珠的工作之一。玉珠再也不抗拒到二樓，偶爾有區公所人員或社區其他住戶來訪，玉珠還會將石榴藏在二樓。樓上不再會發出死亡的氣息，先生留下的幾套衣服也是。

玉珠說的話，石榴大多都會聽從。所謂的大多，表示偶爾還是有不聽話的時候。主要是感受到威脅或忍不住飢餓時，石榴都會變得狂暴。這時，無論怎麼呼喚他的名字，他都不會有任何反應。在這個狀態的石榴，甚至認不出玉珠是誰。玉珠會從肉舖拿回豬的可食部位、生牛肝、不要的牛小腸等等，而這些就是石榴主要填飽肚子的食物。吃下這些才剛剛宰好的新鮮生肉，石榴發作的頻率逐漸降低，卻依然無法完全消除他的飢餓感。吃了肉之後，石榴仍會不斷拿東西往嘴裡塞。他會啃咬棉被或牆壁，也會在睡覺時磨牙。有時若感受到壓迫，他會從睡夢中醒來，睜著一雙血紅色的眼並露出獠牙，嘴裡不斷流出唾液。玉珠知道，自己總有一天會被吃掉。她所飼養的東西，並不是不聽話的孫子，也不是相對溫馴的流浪貓。

但即便如此，她也不在乎。她不在乎石榴把自己吃掉。從第一次見到石榴開始，她便是這麼想的。諷刺的是，多虧了不知何時會危害自己的石榴，玉珠的擔憂和恐懼得以減輕。那憂心自己將會孤獨迎接死亡，躺在棉被裡腐爛的恐懼，終於得以減輕。飼養石榴，她就不會孤獨地死去，也不會腐爛了。她死了之後，不再有人餵石榴吃肉，紅眼的石榴就會將眼前的自己給吃了。既然都是要吃，那她希望石榴能把自己吃得一乾二淨。讓她沒有任何一處有機會腐爛，讓石榴能夠好長一段時間不再餓肚子。但這件事，或許還要一段時間才會發生。為了這樣的未來，石榴必須在她身邊待下去。

玉珠直覺知道，石榴並沒有攝取到足夠的養分。對石榴來說，動物的肉不過只是零嘴，不是必要的營養。他眼睛變紅、失去理智的發作週期漸漸縮短。原本就十分瘦弱的石榴，雖然不斷吃肉，臉頰卻仍然逐漸凹陷。即便他深夜因發作而醒來，老弱的玉珠也不再有力氣壓制他。無法讓他吃頓像樣的飯，這也是理所當然的結果。玉珠開始覺得，是她讓這頭可憐的野獸挨餓。

這天早晨，玉珠一如既往起床、洗米。繃帶下的傷口仍會偶爾刺痛，老化的身體修復速度大不如前，但至少也已經恢復到能自由動作的狀態，日常生活沒有太大的困擾。玉珠將前一天從肉舖拿到的牛肚與牛血裝在碗裡，再把碗放在小桌子上，隨後開始準備自己的餐點。近來她經常去買肉，肉舖老闆甚至還調侃她說，是不是在家裡養了一隻九尾狐，才會一下子突然需要大量的肉。玉珠在想，不知要不要換一間肉舖。電視上正在播晨間新聞，她正在收看的是無線的地區電視臺。臉部表情生硬的播報員，正站在一個她十分熟悉的地方播報新聞。

「富榮蓄水池附近發現一具可疑的屍體。受害者是兩個月前失蹤的七十多歲長者A，失蹤當時已經有失智症狀。從遺體狀況推測，受害者應是在蓄水池附近遭到山上的野獸攻擊而不幸身亡。」

玉珠像是被蠱惑一般，專注地看著這則短短的新聞。螢幕上先是出現陰森的蓄水池與警方的科學搜查隊，隨後接續下一個畫面。死亡的老人住在鄰近的療養院，不久前因為監護人未繳納住院費，而要轉送至另一個機構，卻在移送途中失蹤。老人曾經想像過自己的死亡會上電視嗎？他應該在無人到訪的病房裡撐了很久吧。玉珠看著還窩在棉被裡熟睡的石榴，近來石榴睡覺的時間增加了。雖然玉珠勉強自己拿出更多的錢替石榴買肉，但石榴的手腕卻日漸消瘦，臉也更加蒼白。玉珠搖了搖石榴，並低聲說道：

「石榴，你得活得比我久才行啊。」

石榴緩緩撐開眼皮，那雙瞬間閃過紅光的瞳孔，在看到玉珠時隨即恢復成黑色。石榴坐起身來，撥了撥散亂的頭髮，隨後坐到一旁的小餐桌前，兩人靜靜吃起早飯。桌上的食物都清空之後，石榴丟下手中的叉子，雙手抓住自己的脖子。只見他雙肩顫抖，接著便把稍早吃下去的東西原封不動吐了出來。玉珠趕緊餵他喝水，抱著他安撫。她感覺石榴的牙齒抵在自己的脖子上，玉珠閉上眼，等著石榴張口咬自己。但石榴最終仍沒有咬下去，而是拉開與玉珠的距離，蜷縮在角落裡劇烈顫抖。就這麼過了好一陣子，石榴喘著大氣抬起頭來。他的眼睛並沒有變成紅色，但他卻像被飢餓所支配，四肢跪地爬向桌子，拿起桌上的牛血拚命往嘴裡灌。看著那幅情景，玉珠下定決心開口說道：

「今天你也得好好吃點東西了。」

「……」

石榴赤手抓起如果凍一般的牛血塞進嘴裡，轉眼間便吃得一乾二淨。

吃完之後，玉珠打了電話，聯絡遷葬人力派遣公司。她說她有急事必須挖開先生的墓，老闆便問她是不是要遷葬。玉珠答道，她昨晚做了可怕的惡夢，擔心是因為先生的棺木進水才會影響到她，想要趕緊確認看看。對方聽完，便表示會盡快派人過去幫忙。掛上電話前，玉珠還不忘詢問價格。石榴眨著眼，看上去就跟病患一樣憔悴。玉珠看著虛弱的石榴說：

「石榴，準備出門吧。」

她至今仍不知道，石榴究竟有沒有聽懂這句話。

人力派遣公司的人，在大約中午的時候拿著鏟子跟其他設備抵達。石榴穿上玉珠從市場買來的黑色T恤配碎花冰絲褲，頭上夾著一個緞帶造型的髮夾，臉上戴著口罩，頭上還戴上了遮陽帽，整個人包得密不透風。相較之下，玉珠的服裝顯得輕便，頭上只戴著一頂草帽。兩人上了那名男子的車，前往玉珠丈夫的下葬處，就在距離此處不遠的一座山上。玉珠的先生是個不愛改變的人，因此沒能得到同意將他火葬，而是把他埋在山裡。當時玉珠還覺得麻煩，沒想到竟會以這種方式派上用場。她聽說，棺木裡的遺體要變成白骨，得等上很長一段時間。雖然應該不是太新鮮，但……她畢竟無法拿活人來餵石榴。還有先生的遺體，這是唯一值得慶幸的事。要是當時選擇火葬只留下骨灰，那也許石榴就沒得吃了。她不願意去挖陌生人的墳，更何況近來大家都選擇火葬，幾乎已經找不到什麼土葬的墓地了。

前往墓地的路上，玉珠的思緒一直有些混亂，但一方面卻也有些激動。興許是陌生人讓石榴有些緊張，他緊緊握著玉珠的手，怎麼也不肯放開。碰觸到石榴冰冷的肌膚，讓玉珠覺得十分愉快。看著手牽手並肩坐在廂型車後座的玉珠和石榴，男子開口問道：

「他是妳孫子吧？挖墳這件事，對孩子來說可不是什麼值得參觀的場景喔。」

「是啊，但實在沒人能照顧他，我只好把他帶出來。」

「那也沒辦法了。但幸好，今天天氣挺好的。」

男子笑起來很和善。他們很快抵達先生下葬的那座山。這是先生的曾祖父留下的遺產，由於距離道路的距離不遠也不近，因此他們必須翻越馬路的護欄，沿著臨時開闢出的土梯走上去。玉珠跟石榴一起走在前頭，男子則背著大背包跟在後方。爬了十分鐘左右，三人來到一處蘆葦與雜草高度及腰的區域。再往裡面走約五分鐘左右，便能抵達玉珠先生的墓地。這裡共有三座墳，一座是玉珠先生的，剩下兩座則是公婆的。玉珠站在那座剛開始長出雜草的墳前說道：

「先從這座墳開始挖吧。如果需要幫忙就跟我說。」

男子點點頭，立刻開始動工。天氣很熱，玉珠攤開自己帶來的草蓆，從事先準備好的保冰盒裡拿出冰水和水果。石榴用一雙滿是好奇的眼觀看整個過程。奇怪的是，石榴似乎相當興奮。每當男子用力揮動鏟子，便會掀起一陣塵土。躺在草蓆上，等著玉珠餵石榴的石榴，或許是等得有些無聊，不知何時開始在草叢裡奔跑。那模樣像極了真正的孩子，也讓玉珠睽違已久地笑了出來。土很鬆軟，挖墳作業結束的時間比預期要早。在太陽開始西下時，他們已經能看見棺蓋。男子擦著汗說：

「我看這棺木都是乾的，裡面應該沒有積水……怎麼樣？既然都確認好了，是不是要重新埋回去？」

玉珠搖搖頭說：

「都費這麼大的力氣把好端端的墳挖開了，當然是得把棺蓋打開來確認。我跟我孫子想在這裡向祖先祈禱一下，你能不能先回車上等我們？要埋回去時我再叫你。」

「好，我知道了。」

玉珠說得很堅決，男子也只能搔搔頭，帶著鏟子和其他裝備離開。男子才一下山，玉珠便立刻將方才已經被男子撬開的棺蓋掀開。先生躺在裡面。眼前令人感到不自在的畫面，讓玉珠反射性地皺起眉頭。但她知道，他們沒有太多時間。玉珠趕緊叫了聲石榴，原本在雜草叢中打滾的石榴跑了過來，褲子上還沾了許多塵土。

「石榴，你看這個。」

石榴順著玉珠的手指看向棺內，眼睛瞬間轉紅。他早已餓得慌了，肚子裡不斷發出咕嚕嚕的聲音。果然，這麼做是對的。石榴看了看玉株，像是要取得同意。玉珠拿起剩下的一顆石榴果肉，放在先生的肋骨上。隨後便拿起另一半石榴，像是要刻意做給石榴看一樣，大口咬了下去。這是要告訴石榴，就像這樣，一口咬下去，那是可以吃的。石榴吸了吸鼻子跳了進去，玉珠能聽見他咂嘴的聲音。隨後，是一陣他們初次見面時，玉珠便聽過的嘈雜的進食聲。

玉珠爬出土坑，背對著棺木蹲坐下來，吃著剩下的水果，看著男子下山的那條路。天空中，夕陽的橘紅不知不覺褪去，漸漸染成了深藍色。身後傳來啃食腐肉的聲音並不令她感到不快，也不令她感到不適。她剛才要男子等三十分鐘，想必男子現在正在山下抽菸。我要不要也來抽根菸呢？玉珠心想。先生直到死前，都無法戒掉那該死的香菸。石榴進食期間，若玉珠能抽上一根，那樣的畫面或許會像電影一樣迷人。

太陽漸漸西下，魔幻時刻的光芒渲染了四周的雜草與蘆葦，石榴也在這時結束進食。伸出長長的手，要玉珠把他從土坑裡拉出來的樣子，讓玉珠一陣莫名心酸。玉珠拿出事先準備好的濕紙巾替石榴擦嘴，隨後再替他戴上口罩。吃了頓像樣的飯，石榴像是生鏽的機器終於上了油，皮膚充滿了光澤，心情也非常好。他抿著嘴笑的模樣，看起來甚至有些純真。玉珠讓石榴坐在草蓆上，拿起冰桶跳進土坑裡。她撿起還算完好的手腳放進冰桶，這些肉能讓石榴撐多久？男人等得有些累了，便喊了玉珠一聲。玉珠趕緊爬出來並蓋上棺蓋，雙手合十喃喃自語，假裝正在禱告。

「反正你的靈魂已經去其他地方了，腐爛的肉體就借我用吧。石榴再怎麼說都是活生生的生物，總得要吃。」

隨後，玉珠便拿起鏟子將土鏟回到坑裡。石榴見狀竟也模仿了起來，赤手將土推回去。男人等到不耐煩了便爬了上來，看到這幅情景，他不滿地搶過鏟子，嘴上還抱怨著說早就知道會發生這種事。

「太太您也真是的，我這身強體壯的男人就在下面，怎麼不叫我一聲？」

有了男人的幫忙，土坑隨即被填滿，速度比玉珠一人努力時要快多了。太陽已經完全下山了，離開的路上，他們絲毫看不清周圍的情景。玉珠與男人靠著一只手電筒的微弱燈光努力走著，而恢復力氣的石榴則飛也似地轉眼就到了山下。不知為何，總覺得您孫子的臉色好很多，男人說道。玉珠沒有回答，而是看著在山腳下對她揮舞雙手的石榴。她感覺自己彷彿變回那個單純無知的自己，一股滿足感緩緩自她的下腹升起。

他們坐上男人的廂型車返家，玉珠在院子裡把剩餘的尾款付清。約定好明天上午會去把墓地復原後，男人便離開了。由於一整天都在外頭，玉珠熱得渾身是汗，然而石榴的手卻像剛從冰箱裡拿出來一樣冰冷。石榴從來不流汗，玉珠很喜歡他的冷。

就在她將鑰匙插進大門，正把鎖轉開時，一輛不知何時在對面巷子裡等待的車子開了門，兩名男子下車走過來跟她搭話。

「我們是警察，妳是崔玉珠女士吧？我們想簡單問妳幾件事情。」

男人掏出皮夾，拿出裡頭的員警證給玉珠看。玉珠不自覺地把石榴擋在身後，石榴雖然乖乖地沒有動作，但冰冷的手卻瞬間變得緊繃，瞳孔也轉為紅色。石榴現在比平時更有力氣，冰桶裡也還有先生的手和腳，趕緊把陌生人送走才是上策。玉珠極力以最自然的態度點了點頭。

「聽說前陣子妳被野狗咬傷，還叫了救護車。妳知道後面蓄水池發生的命案吧？我們是來調查那件事的……請問當時咬妳的，真的是野狗嗎？」

「當然是野狗啊，不然還會是什麼？」

「不，因為當時是晚上，妳又有些年紀了，我們是想說妳會不會看錯了。」

「你們到底想問什麼？」

男人臉上的表情有些為難，他遲疑了好一會兒，隨後才開口說道：

「咬妳的應該……不像人吧？」

這一句話，讓玉珠瞬間緊張了起來。她舔了舔乾裂的嘴唇，刻意換上有些不耐煩的語氣。

「人為什麼會咬人？而且我眼睛再怎麼不好，也還是分得清楚動物跟人的。」

「是，這是當然的，謝謝妳的回答。後面那位……是妳孫子？」

玉珠點頭。

「我們聽救護隊員說，妳並沒有其他家人。」

「當時是沒有啊。現在是夏天，兒子出去度假了，就把孫子託給我照顧。」

「是，我明白了。如果妳在這附近看到可疑人士，或是狀況看起來有些奇怪的流浪漢，請務必要通知我們，好嗎？」

男人拿出一張名片給玉珠便離開了。玉珠緊握著那張名片進到家中，隨即便把名片撕碎丟進垃圾桶。石榴用那張恢復生機、散發著光澤的臉孔盯著玉珠。那雙無辜的眼近乎無情，卻又有些惹人憐愛，因而令人有些痛苦。她不想再讓自己去照顧任何人了。餵食、清洗、打扮，這些事情她感到無比厭煩。

玉珠伸手抱住石榴。心跳為什麼會這麼快呢？那兩個男人在找的，肯定就是石榴。找到之後又會怎麼做呢？石榴在街上如何殺人、殺了多少人，那都跟她無關，她可不能失去石榴。在她死的時候，石榴可一定要在她身邊才行。若她感覺到自己的死亡將近，她會把石榴果放在自己的肋骨上。這樣一來，石榴就會把她吃了。即使不是立即，只要等到飢餓支配了他的理智，飢餓的石榴就會睜著一雙鮮紅色的眼睛，把她徹底吃乾抹淨。必須要是這樣才行。必須成為石榴的養分，她的死才不會成為需要調查的謎團，她也不會孤獨地迎接死亡。那是玉珠人生最後的目標，也是她現在賴以支撐的力量。為此，她需要石榴。她緊緊抱著石榴，低聲說道：

「你不能離開我，我給你什麼你就吃什麼，因為是這個家接納了你。」

玉珠不知道石榴是否真的聽懂了這句話。然而就在那一刻，石榴也緊緊抱住了玉珠，像是明白一切似的，伸手輕輕撫摸著玉珠的背。那生澀的撫觸，對玉珠來說就像救贖。不知是不是哪裡又有人被野狗咬了，救護車的警笛呼嘯而過。玉珠抬頭，看著呆站在那的石榴。救護車頂閃爍的燈光，將石榴的臉染成了紅色。

她得好好照顧這頭怪物。玉珠反覆告訴自己，並一邊打開那畫有椰子樹的冰桶。曾經與先生身體相連的手腳，正在裡頭逐漸腐爛。她戴上手套，用保鮮膜將這些殘肢一一裹得密不透風。隨後走下陡峭的樓梯，來到地下室的冷凍櫃前。她打開冷凍櫃的電源，等待裡頭的溫度降低。石榴也走了下來，蹲坐在玉珠身旁。冷凍櫃運轉著，發出哐啷哐啷的聲響。

玉珠將包裹好的手腳放入冷凍櫃裡，隨後用另外的鎖將櫃門鎖上。她打算每天只給石榴一點點，直到石榴因為受不了飢餓而離家出走之前，她要像在飼養寵物一樣，一點一點把肉分給他。玉珠突然開始思考，沒了她之後，石榴會如何？他會再度回到街頭，或是獨自留在這個家裡？突然，她覺得自己該去做個病理檢查。

整理完冷凍櫃後，玉珠對石榴伸手。

「上樓吧，我們去吃水果。」

石榴握住玉珠的手，兩人一起走上樓梯，離開地下室。打開窗戶，涼爽的風迎面而來。石榴躺在電視前面打著瞌睡，玉珠則感受著晚夏空氣裡的濕氣，用留下傷痕的手清洗水果。

莉莉的手

我每晚都在做夢。那是個身體變輕、飄浮在空中……隨後漸漸飄遠的夢。我撞到某些東西，然後被彈走。回過神來一看，發現我竟躺在床上。我是從什麼時候開始做夢的？

眨了三次眼。模糊的意識逐漸清醒，延周才發覺這個問題沒有意義。每次都這樣，每一次從睡夢中醒來，她都會一再詢問自己這個沒有答案也沒有意義的問題。對她來說，「從什麼時候開始」一點都不重要。

延周記憶的斷點很明確，開始做夢的時間點也很明確。因為依照延周的記憶，夢境的開始就是她記憶的起始點。比起場景或聲音，她的記憶更側重於感覺。所以她才會感覺自己身體變輕、飄浮在空中，隨後漸漸飄遠……然後再墜落。她能感覺到刺眼的明亮頭燈、臉頰碰到水泥地板時粗糙冰冷的觸感，以及自體內流出的鮮血等等。那是如死亡般的重生時刻。

若要做責任歸屬，那的確是場意外。清晨四點半左右，駕駛喝得爛醉卻依然開車上路，不知何故撞上當時獨自在街上的延周。不幸中的大幸是，駕駛沒有駕車逃逸，而是打電話叫了救護車。延周動完手術後仍昏迷了好一陣子。據說她身上每一個關節都斷了，但除了撞到頭之外，並沒有其他的致命傷，因此沒有對生命造成大礙。

在意外調查過程中，警方發現了一個疑點。當時駕駛的行車紀錄器、附近所有的監視器都沒有正常運作。以事發地點為中心，半徑一公里內的所有監視器都變成黑白畫面，而且斷斷續續很不完整。也因此，究竟是什麼的保護作用使延周有機會存活，成了不得而知的謎團。總而言之，延周的存活可說是近乎奇蹟。況且這起意外顯然是駕駛的責任，於是整起案件簽結，這些是當時調查此案的刑警告訴她的。

然而，事件結束並不代表問題消失，有些問題正是從這個時候才開始。延周完全沒有那場車禍發生之前的記憶，她只記得一個名字。別人是因為車禍意外而差點失去生命，延周卻覺得自己像是那場車禍之後才真正誕生。這也就代表對她來說，在車禍之前的人生其實根本可有可無。

在病房裡醒來後，她第一個想法是覺得自己被清空了。她感到一陣空虛，那感覺令她十分不快，幾乎就要窒息。她覺得自己像一個空的果汁瓶，瓶中的果汁早已翻倒在桌面上。失去了自己所擁有的一切，她宛如虛有其表的空殼，然而可笑的是，她甚至想不起來自己究竟失去了什麼。留在腦海中的資訊，就只有自己的姓名。延周。當刑警問她的名字時，她二話不說回答「延周」。她當時所穿的衣服裡，塞有繡著「ＹＪ」兩個英文字母的手帕。刑警點點頭，寫下她的名字。

「年紀呢？把妳記得的事情都告訴我吧，這樣妳才能回去。」

她回答自己大概是二十二、三歲，但其實她自己也不太確定。她之所以如此回答，是因為鏡中的自己，任誰來看都是接近成年人的模樣。除此之外，她也無法再回答更多了。更重要的是，刑警說「回去」，究竟是說回去哪裡呢？她連這裡是哪、自己是誰都不清楚了，難道她曾經有能回去的地方嗎？

她看遍失蹤申報名單上的聯絡人登記資料、從各個不同方向打聽，都找不到認識她的人，也沒有任何人在找她。她沒有身分證、駕照、學生證，甚至沒有病歷。肇事駕駛的證詞指出，他只是眨了一下眼，就發現延周突然出現在馬路中央，有如一張印錯地方的圖片、一件擺錯地方的物品。當然，駕駛在當下的酒測值高達百分之零點二，也使他的話不具有證詞效力。

車禍後的每一瞬間，都過得十分模糊且迅速，毫無價值地流逝著。延周真的像個新生兒，對許多事一無所知。她不知道如何調整空調溫度、不知道如何使用遙控器，更不知道何謂加濕器。然而，她又會使用人們聽不懂的陌生詞彙和語言，彷彿她來自一個截然不同的世界。

要接收、學習的資訊怎麼也看不到盡頭。她全身上下都在痛，腦袋也塞滿了資訊。為了填滿空蕩蕩的自己，她在醫院裡看到書或雜誌便會拿起來讀，還會纏著看護跟社工問問題。有些人說她瘋了，她卻一點都不在意。她選擇無視這些人的評價，事實上她心裡想的是「還不如瘋了才更好」。發自內心的空虛，才是她真正無法忽視的事物。若她不強迫自己專注於某些事，那些空虛便會鍥而不捨地喚起她的注意，醫師說這或許是因為她失去了大量的記憶。車禍意外造成的記憶喪失症狀很常見，連續劇也常以此為題材，時間一久記憶就會逐漸恢復，她的狀況也會漸漸好轉，一切都會比現在更好，醫師如是說。然而最終，車禍前的記憶依然沒有恢復，反而是每到夜裡，她便會為莫名的熟悉感與憂鬱所困擾。

延周住院期間需要修復的，不只是支離破碎的身體。為了在這個世界活下去，她必須建立起能保護自己的圍籬。在社工的協助之下，她申請了身分證、加入了健保。恰好遇到檢定考試，她也特地報考，幸好考試並不困難，她順利通過了。接著她開始可以不拄拐杖，只靠自己的雙腳走路。隨著身體狀況恢復正常，她卻再次遇見新的問題，那就是錢。

要將支離破碎的骨頭重新拼在一起的手術費、住院費、直到她能獨立用雙腳走路之前的復健費，以及其他瑣碎的藥錢與生活費，雖然大多數由肇事駕駛的家人負擔，卻仍有一定的極限。眼前最緊迫的事情，是她必須解決生活費與出院後的居住問題。延周沒有家屬，由於是相當特殊的案例，因此能得到幾個國家機構與慈善團體的幫助，但她仍無可避免地背上了債務。

當她終於從銀行拿到少量貸款，得以充當生活費時，延周才覺得她真正能踏實生活。因車禍而生的她，在債務的重量之下，得以腳踏實地踩在地面上。她並不覺得悲傷，也不埋怨任何人，或許都是因為這一切對她來說一點也不真實。也許只要她眨眨眼，下一刻就會回到原本自己所在的地方，那個不屬於這裡的空間。縱使她不知道那是哪裡……但能確定絕對不是這裡。即便這一切都只是她的感覺，她仍深信不疑。延周想，總有一天，她一定能回去。回去某個地方。

她每晚都在做夢。夢到自己變輕、夢到自己飄在空中……逐漸遠去。起初，她以為那是遭遇車禍時的記憶。但醒過來才發現，渾身冷汗躺在床上的她，竟也同時在哭泣。延周不知自己為何而哭，也不明白有什麼好難過。她決定將這種症狀，當成是車禍後遺症造成的生理痛苦。如果不是這樣，那會是為什麼？她打從一開始就不曾擁有任何東西，因此也不曾因為失去什麼而感到惋惜。那她究竟為何每晚都在流淚？身體變輕並飄到空中的那一刻，延周感覺某種支撐自己的東西脫離了自己。感覺就像是另一個世界裡，綁著自己的繩子瞬間斷裂。那是種駭人的斷裂感，也是置身陌生空間裡的絕望感。

住院期間，她曾經偷偷離開醫院到車禍現場查看。她穿上車禍當時的衣服與鞋子，走在下著雨的路肩。偶爾會有車子從旁呼嘯而過，飛逝的車頭燈令她緊張不已，她卻無法停下腳步。她想用自己的雙眼確認，那個讓自己死過一次又重生的地點。她很清楚，去到那也只能看見漆黑龜裂的水泥地面，但她究竟為何要去？雨水打濕了她黑色褲子的褲腳，她感覺自己就像夢遊仙境的愛麗絲。《愛麗絲夢遊仙境》，這個故事是誰說給她聽的？

在這個世界睜開眼時，她感覺自己就像夢遊仙境的愛麗絲。然而可笑的是，她絲毫想不起來那是什麼。她什麼都不記得，卻還說自己就像夢遊仙境的愛麗絲，她知道這很荒謬，但她真的這麼想。

一個陌生的聲音在她耳邊響起。延周停下腳步環顧四周，從水泥欄杆上長出的雜草之間，她注意到一個模糊的影子。乾枯的植物呈現褐色，在那些枯萎的植物之間，有個活生生的東西正在移動。延周緩緩往那東西靠近。這場雨阻礙了她的視線，然而那東西的輪廓卻越來越清晰。那東西沒有毛髮，似乎因為長時間在外，導致上頭有著大大小小的傷口，是分岔成五塊在移動的白色……

手，那是一隻手。

推測大約是從一個世紀以前，世界各地開始出現「裂隙」。如字面意義所述，就像將兩張白紙重疊，再拿刀子從中間劃一刀，就會在兩張白紙上留下刀痕一樣，所謂的裂隙就是在不可能相接的世界、不可能相接的次元之間，出現了一道「縫隙」。於是，二〇八五年與二一〇七年、二〇九九年與二一九五年、二二二三年與二一〇〇年就這樣，產生了相連的孔洞。

紀錄上的第一道「裂隙」，最早可追溯到二〇七五年。那是在當時稱作首爾的一座城市，發生地點在城市邊陲公寓社區裡，一棟米黃色大理石建築三樓的水療養生館。四名員工、五名顧客，以及水療館老闆兼房東，當時五十八歲的男子，總共十人目擊了「裂隙」生成的瞬間。就像有人用美工刀將紙張劃破，半空中突然出現一條黑色的線，接著便像是有人從兩側沿著那條線將空間撕開，時間與空間隨之扭曲，線也逐漸成了開口。據說五十八歲的房東像著了迷一樣，將手伸進那道「裂隙」之中，穿越過去便再也沒有回來。

後來又有許多人以這種形式消失，或不幸遭遇死亡。「裂隙」一出現，短則五分鐘，長則能維持約莫一天，隨後便會自行關閉。但若在裂隙關閉時恰巧身在交界處，便得承受一股強大的力量，進而使身體的某部分被切斷，嚴重的可能會死亡。這股力量在人體上造成的斷面乾淨且俐落。

「那個老人後來怎樣了呢？他是第一個穿越縫隙的失蹤者，當時可沒有像我們這樣的異鄉人專門照顧團隊。」

「就……應該會孤獨地到處漂泊，直到死亡吧，真可憐。」

「真的是這樣嗎？不知道是不是因為他跟我同名，讓我莫名在意這件事。」

二一九五年，莉莉與延周從事的工作，便是救助穿越「縫隙」而來的人們，也就是救助異鄉人並清理現場。一旦生成過「裂隙」，那該處再度出現「裂隙」的可能性便非常高，所以現場總會指派至少兩人組成團隊行動。延周加入公司第五年、莉莉第三年，兩人從去年初開始搭檔，發揮絕佳的默契。

瞬間產生的異常能量所帶來的壓迫，會對異鄉人造成許多副作用，其中最常見的症狀之一，便是記憶喪失。他們大多數會忘記自己是誰、年齡、姓名以及家人等大多數的資訊。反正越過縫隙便無法再回到原本生活的世界，因此有些人認為乾脆忘記還比較好。如果保留一切記憶卻無法回到原本的世界，那才是真正令人難以承受的悲劇。救助這些失憶的異鄉人，並協助他們能融入正常生活，就是莉莉與延周的工作。然而莉莉認為，人會任意做出「遺忘是比較好的選擇」這個結論，是因為沒有親身經歷過。這樣的事，不是當事人還真的很難說。

異鄉人獲得新身分與姓名後，還必須接受教育，熟悉當代的知識和語言。他們會得到補助，在完全適應這裡的生活之前，還有免費的宿舍可住。然而即便如此，無法適應另一個世界、難以接受自己必須重新開始的人還是占大多數。這也是無可奈何的結果。建構起一個人自我認同的東西瞬間蒸發，如果這個人不覺得奇怪，那反倒才奇怪。

異鄉人會思念著某些人，但連他們自己都不知道那些人是誰。那些連長相都不記得的思念對象，甚至會讓他們產生罪惡感。更嚴重的情況，他們甚至會看不起記不得過往的自己，畢竟即便是用橡皮擦將白紙上的鉛筆字擦掉，都依然能看見寫字時留下的印痕，可他們卻像從未寫過任何字的白紙。即使有些人運氣好，組建了新家庭、遇見了心愛的對象，進而得以克服這份空虛，但「異鄉人」的人生大多都很孤單。

延周與莉莉必須面對這些孤單的人，因此她們也會因為一些小事而輕易陷入憂鬱，這就像一種職業病。而能夠幫助她們戰勝那份憂鬱的，一直都是她們彼此。

「那時候結束聚餐回到地堡之前，妳突然跟我告白，還在我臉頰上親了一下。」

「沒有吧，是妳喝醉所以記錯了吧？是妳突然捧著我的臉，我……」

究竟是誰先告白這件事，她們之間沒有共識，然而兩人也並不那麼在意。偶爾需要吵架的時候，或因為一些事情不如意想找人鬥嘴的時候，她們就會拿這件事當話題。那天也是如此。即便二二〇〇年都已經要到尾聲，辦公室戀情依然會對工作跟生活帶來不少影響，因此她們仍談著緊張刺激的秘密戀愛。那是一個平靜且悠閒的週末，莉莉躺在延周地堡裡的床上吃著零食，跟延周有一搭沒一搭地聊著。在莉莉的記憶中，那天晚上是延周先親了她，然而延周卻一直裝傻，沒有明確說出自己的行為是出自真心，還是單純想捉弄莉莉。延周一派輕鬆的樣子，讓莉莉開始懷疑起自己的記憶。而就在這時，她們接到來自中央的緊急呼叫。

第七區域二十三之一發生中型裂隙。負責該區域的第九小組不在，希望第八小組能緊急出動。請盡快回報狀況。

莉莉不由分說，劈頭先咒罵了幾句，延周則冷靜地坐起身來。

「放假耶，這也太突然了吧？」

「我們的工作就是這樣啊，能怎麼辦？但至少這個月的薪水會多一點。」

延周要莉莉趕緊起來準備出發，莉莉也只能起身。莉莉噘著嘴，撈起隨手扔在地上的制服外套。延周握著莉莉的手，那手比一般的手更冰冷，卻又更加光滑，每一個指節的輪廓都能摸得清清楚楚。莉莉嘻嘻笑著，延周戴上與制服成套的帽子之後便推開房門，流線型的白色走廊在眼前顯現。莉莉看著延周領在前頭的背影，覺得她實在太可愛了。接著她突然想到，剛進公司沒多久時，前輩曾經跟她說過一件事：

「那個，延周其實……」

出院之後，延周更無處可去。意外當時在刑警與社工的幫助之下，她得以短暫住在社福機構，然而機構頂多只能收留她一年。她打聽了一下這裡的居住成本，發現是一個讓人難以估算的天價。為了活下去，離開醫院之後，她還得吸收、消化如潮水般湧來的各種資訊。

在這過程中她遇過好人，也遇過壞人。分辨好壞的標準很明確，能夠多少帶來點幫助的就是好人，否則就是壞人。幫助可以是物質層面，也能是精神層面，她只能以這種方式區分。有些她以為是好人的其實是壞人，有些以為是壞人的其實是好人。她覺得自己似乎走錯了地方，來到一個奇怪的世界。她一直忘不掉那天在耳邊迴盪的聲音，卻始終沒能清楚記得些什麼。

離開社福中心之後，延周的目的地是尚在大學商圈的範圍內，卻與大學校園並不那麼靠近的老舊女性專用考試院。延周入住最小且沒有窗戶的房間，開始打工賺取生活費。社福中心的人會定期與她聯繫，她也在社福中心人員的推薦下，註冊了獲得國家補助的補習班，並學會各種不同的技術。她工作、上補習班、打點自己的生活，在想盡辦法活下去的過程中，那丟失某樣東西的感覺始終揮之不去。她感覺自己遺忘了什麼重要的事物。一想到未來將要繼續以如此模稜兩可的狀態活下去，她便感到一切都是徒勞。她會定期陷入憂鬱，為克服這份憂鬱，她開始與人交往。對方讓她獲得治癒，卻也使她受傷。

她持續做夢。在夢中感覺身體變輕、飄浮在空中……隨後漸漸飄走。

對面似乎有誰的臉，然而一如既往，從夢中醒來她便什麼也不記得。從夢中醒來後，延周總會看著自己空蕩蕩的手心，那沒有人握住的手掌心。

我們為何會牽手？

……

所謂的我們，其中之一是我。那除了我之外，你又是誰？

你是住在哪裡的誰？為何不來找我？

從夢中醒來，如果是沉重且空虛的早晨，延周會如儀式般做出固定的行為。她會爬下嘎吱作響的老舊彈簧床，來到書桌前，其實床跟桌子之間也僅只有一步之遙。床鋪與牆壁相接的角落，放著之前從跳蚤市場撿來的魚缸。那魚缸倒著放在地上，四處都是刮痕，已經不如以往那般透明，此刻延周將它舉了起來。魚缸冰冷且笨重，卻又十分熟悉。她伸手，掏出放在魚缸裡的物品。吹了一整晚的冷氣，那東西也十分冰冷，質地卻是令人難以置信的柔軟。手，那是它在車禍現場發現的唯一一件物品。

那天，延周撿回來的是一隻斷手，說得更清楚些，是一隻機械假手。就像剛從機器人身上掉下來一樣，從斷面能看見內部閃爍的電池與各種電線。但有別於冰冷且複雜的內部構造，那隻手摸上去與一般人的手無異，甚至比真正的人手更加柔軟。興許是裡頭還留下能驅動的電池，這隻手偶爾會動，像是在尋找什麼似的，在那草叢四周不斷徘徊。彷彿在斷裂之前，它的主人想抓住什麼卻又硬生生錯過。某人身體的一部分擺放在草地上固然有些駭人，然而延周當時卻覺得，那隻手徘徊的模樣與自己極為相似。即使不知這究竟是誰的義肢，還是某個機器人的一部分，她仍撿起這隻不知名的手放入口袋裡，順著原路走回醫院。

一回到醫院，延周就遇上四處找她的刑警。刑警似乎是跑遍了整間醫院，只見他喘著大氣，告訴延周這起案件即將偵結，他也即將被調到遠方。他一臉歉疚，說以後還是會常來，但頻率無法像現在這麼頻繁。延周點點頭，但其實刑警不需要感到抱歉。刑警拍了延周的肩兩下，卻沒能看著延周的眼睛。延周抬起頭來望著刑警，手伸進口袋裡緊握住那隻機器手。

她的表情想必不是太好看。刑警是延周睜眼後第一個看見的人，也是幫助她得以在這個陌生世界立足的人。但即便刑警如此幫助她，她卻仍然有如深陷五里霧中。每一次從夢中醒來，她都感覺自己與世界隔絕。想到這裡，延周張開手，用力與那隻手十指相扣。不知是不是反射性地做出回應，機械手同樣也使勁回握延周。感受到那股壓力的瞬間，她感覺到這世界的某人在支撐著自己。遭遇車禍後，她第一次感到如此安心。

延周的表情微微放鬆了下來，刑警這才敢正視她的眼睛。他留下自己的名片，並告知延周需要幫助可以隨時與他聯絡。當然，後來延周也沒再跟他聯絡過。即使他們曾經碰過一、兩次面，但刑警也從來不曾主動聯繫過延周。刑警最後的好意依然十分有用。他表示現在這個世界，沒有手機便什麼也做不成，於是留下了自己沒再繼續使用的空機。後來延周拿著這支手機，跟社工一起到手機經銷商那買了個門號開通。直到找到工作、找到住處後她才知道，就像刑警說的，沒有手機根本什麼也做不了。

出院前一天的凌晨，延周渾身冷汗從夢中驚醒。她坐起身來摸了摸自己的臉，感覺整張臉布滿薄薄的汗水。這次同樣是那個夢，要說與平時有什麼不同，那就是在她感覺自己變輕、飄在空中，逐漸遠去……的那個剎那，有一隻手緊緊扣住她的手。她伸手拉上簾子，那是唯一能在這六人病房替她隔出個人空間的方法。幸好她的病床在窗邊，因此她不需要將簾子完全拉上。

她打開冰箱上方的個人抽屜，拿出包覆著那隻手的夾克。車禍當時她所穿的那件夾克，與一般衣服的材質截然不同。這是她到外頭看了一圈後發現的事實。那件夾克的料子比一般的更厚、更滑且更硬挺，內裡有著不知名的記號與數字。據刑警所述，為了查出延周的身分，他連衣服都調查過了，卻始終查不出這衣服出自哪個品牌、是哪間公司的制服。衣服的材質也同樣無法查明。與其說這是日常生活穿的服飾，似乎更像保護身體不受某種隱形能量影響的設備。

延周抱著那隻手下床，窗外的月光將病床照亮，她蹲坐在一旁的地上，將手放在陪病床上，雙手撐著下巴，靜靜觀察月光照耀下的斷手。不知電池是否徹底用盡，手不再像當初發現時那樣動作，也無法再緊握住延周的手。只剩下指尖不停收縮，不知是在呼喚著誰，還是希望誰的碰觸。人造手上的人造指甲在月光下閃爍。那是從來不曾被咬過、從來不曾有過任何斷裂或傷痕的指甲。指尖對著延周，以細微的幅度顫抖著。先是食指朝前，然後是中指、無名指，隨後又回到食指，就這麼交替循環，朝著延周的方向一點、一點靠近，彷彿是認出了延周一樣。隨後動作完全停滯，再也沒有任何動靜，電池似乎終於耗盡。

其實這手算是撐了很久，畢竟這本就是該與機器人或人類等「本體」連接的部位，從它該在的地方離開，用盡最後一滴能源的樣子，讓延周產生莫名的認同感。延周握住那再也不動的手，這次她同樣與那隻手十指緊扣，並將那皮膚比真人更加柔軟的機械手背靠到自己的臉頰上。那手沒有任何溫度、沒有血液循環帶來的脈搏跳動，沒有任何動靜，只是模仿人類身體部位的故障零件。即便如此，她仍無法將其丟棄，因為那隻手比延周睜開眼睛後接觸到的任何肌膚都要溫暖、都要安穩。她閉上眼，想像那隻義手的主人。無數個模糊的臉孔在她腦海中閃現、所有性別與姿態在她腦中穿梭，其中有個格外鮮明的組合，那是個要說平凡極其平凡，要說特別卻又十分特別的長相，有著布滿雀斑的鼻梁與淺色的瞳孔，那個不知名的你。

她感覺腳底突然出現一個巨大的洞，而她開始無止境地下墜。她感覺無比心痛，莫名流起淚來。明明不確定對方是否存在，這份思念卻是如此具體。延周唯一能做的，便是試圖甩開腦海裡的那張模糊臉孔，緊緊握住眼前的那隻手。她將手緊緊抱在懷裡，躲進醫院沉甸甸的棉被裡。機械手的指尖搔著她的下巴，她淚流不止。她能深刻感受到自己確實失去了什麼，也清楚那遺失的東西再也找不回來。她的記憶始終沒有回來。至今，「異鄉人」從來不曾恢復過記憶……但，什麼是「異鄉人」？

不知是誰在喝水，某處傳來冰箱開關門的聲音。觸感粗糙的醫院棉被發出巨大的摩擦聲，接著有人翻身，又有人打開病房的門走出去。延周蜷縮起身子，閉上了眼睛。明天她得問問其他人，知不知道哪裡能修機器。換上新的電池，這隻手或許就能再次動作，想著想著她便睡著了。今晚她或許又會做相同的夢，明早會在同樣的空虛中醒來。她突然開始好奇，失去了這隻手的機器人，或者說這隻手的主人怎麼了？失去自己的一部分，那是怎樣的一種感覺？那人能理解她此刻恐懼的心情嗎？還是對方正在為自己準備一隻新的手？她會不會這輩子都無法找到解答？

隔天，社工協助延周辦理出院手續，而延周也詢問了前一天一直困擾著她的問題。社工愣愣地想了想，隨後便推薦她一間店，那間店就位在某棟高手雲集的大樓裡。還說即使不去那間店也無所謂，附近還有很多提供類似服務的店家，只要勤勞點多跑幾個地方，肯定能找到合適的選擇。

來到即將短暫借住的社福中心辦理入住手續後，延周連飯也不吃便帶著那隻手前去社工推薦的地方。繼擅自前往車禍現場之後，這是她第二次外出。沒有社工的陪同獨自行動，對她來說是十分痛苦的體驗。她走在陌生的人群裡，搭乘大眾交通工具來到陌生的地點。她感覺一切都重新開始，想必也有人渴望著這樣的新開始吧？真希望這樣陌生的新開始，能夠去到渴望它們的人那裡。

歷經千辛萬苦來到社工所說的大樓，大樓前方有一條河流過。三棟建築物由越過河面的三座橋相連。抬起頭來，延周看見碩大的商場名稱高掛在上頭。這時日正當中，外頭高溫難耐，四面八方是背著行李的人匆忙來去。為了閃避在人行道上行駛的摩托車，延周躲進了建築物內。社工推薦的店家位在三樓，推開那沒有商家名稱只有編號的門，一名正吃著外送餐點的中年男子抬起頭來。男子用下巴朝著圓形塑膠椅比了比，延周便坐到那張椅子上，等待男子用完餐。那是一段無趣卻使人焦躁的時間。吃完後隨手將碗盤塞進塑膠袋裡放到門外，男子便詢問延周的來意，延周也才掏出自己帶來的那隻手。

「請幫我修這個。」

突如其來的斷手，令男子倒退了幾步，並發出小小的驚呼聲。延周將手遞到男人眼前，看到斷手截面的電線後，男子才有些尷尬地連連乾咳了幾聲。男子坐回位置上，拿起那隻手端詳了一番，隨後說道：

「這是義肢嗎？還是什麼研究所研發出來的作品？原本是跟什麼東西連在一起的？我第一次看到這麼精密的東西。」

延周認為若說這是撿來的，男子可能不會認真看待這件事，但如果假裝自己很了解這隻手，之後男子可能會提出讓她難以回答的問題。延周緊咬著嘴唇思考，最後一個字也沒有回答。幸好男人只是瞥了延周一眼，隨後便繼續研究那隻手。從貼在牆上的眾多獎狀與獎牌來看，這名男子應該有一定的資歷，然而即便有如此豐碩的資歷，這隻手對他來說仍是相當新奇的事物。許久之後，延周才終於開口。

「請你讓它恢復動作吧，這東西原本會動，裡面應該有類似電池的東西。」

「這個嘛，這……我得知道這是什麼東西才能修啊。」

男子放下那隻手，走進工作桌後方的房間，隨後便傳來翻箱倒櫃的聲音。延周看著放在綠色墊板上的那隻手，要讓它動是這麼困難的事嗎？這不過是隻手而已啊。男子從倉庫裡搬了一堆東西出來擺放在手的周圍，一下伸長了脖子觀察，一下對著那夾著髒污的指甲又敲又摸。男子每做一個動作，都讓延周忍不住皺眉。對方這樣任意對待手的態度，令延周很是不滿。延周刻意大力將塑膠椅往工作桌的方向拖過去，一屁股坐在男子對面，距離近得足以妨礙男子的動作。男子用類似放大鏡的東西查看手的斷面，似乎一點也不在意延周的舉動，他隨口問道：

「沒有其他跟這東西有關的資訊嗎？不是妳拿什麼東西來我都有辦法修，我可沒這麼萬能。」

然而延周真的什麼也不知道。即使是她偷藏起來的東西，但那也只是她從車禍現場撿來的。延周靜靜搖頭，男子則繼續觀察那隻手，隨後便一再試著用鑷子往裡頭戳、將電線拉出來再塞回去。不知不覺，那隻斷手原本光滑的肌膚，也沾上了黑色的髒污。延周心想，回去之後她得把那髒污給擦乾淨。

一段坐立難安的時間過去，透過那頂多只有人臉那麼大的窗戶，延周看見太陽正逐漸西下。不知不覺，她開始打起瞌睡。期間，其他客人與男子的朋友接連來訪，每個人都對那隻奇特且極具真實感的手很感興趣，甚至還有幾個人來到男子身旁，用延周難以理解的艱深用語跟男子對話。最後他們都坐了下來，一起研究起那隻手。延周退了一步，看著眾人圍在斷手旁的情景。

天色已經完全暗了，一度繁忙的走廊也安靜了下來。延周感到腰一陣痠痛，整天沒吃也使她飢腸轆轆。正當她想開口說點什麼時，男子突然拿下眼鏡來，揉著眼睛問她：

「妳說這東西原本會動，對吧？」

延周點點頭。男子嘆了口氣，抓起那隻手遞給延周。只見他搖搖頭說：

「我不會修，我不知道這是用什麼原理、用什麼零件和什麼技術做出來的。就我所知，用市面上的技術做不出這樣的義肢，那個皮膚也是。我在這圈子混了三十多年，從來沒看過觸感這麼真實的假皮膚。這感覺就像來自未來的東西。是不是什麼秘密研究所丟出來的，然後被妳撿到啊？這東西妳到底從哪找來的？」

花了一整天的時間，卻沒有任何收穫，這股空虛感令延周幾乎都要發火了。延周不自覺以尖銳的口氣問道：

「所以說沒辦法讓它再動起來囉？」

男人沒有說話，只是點了點頭。延周用毛巾將那隻手包了起來，重新放回口袋裡。摸到熟悉的骨架與觸感，她感到一陣安心。她想趕快離開這個地方。正當她轉身離去時，男人卻拉住了她。

「我是有想到一個可能……算了，不可能，那實在是太荒謬了。」

延周停下腳步，轉頭看向男人。

「這些都是我的推測。如果那是某人用來代替正常四肢的義肢，那這隻手肯定跟原主人的身體、神經系統相連。就像科幻電影裡面演的，手跟身體之間會有類似心電感應的東西……這隻手可以說是頂級的義肢，幾乎跟真的手沒有兩樣。讓它動的肯定不是什麼電力或電池，但……我也不知道是什麼，我第一次看到這種東西。」

男子的嘴開開合合，似乎還想說點什麼，最後卻沒有再說任何一句話。延周離開了那間辦公室，她的步伐越走越快，隨後跑了起來。她跑得很急，喘得連肺都感到疼痛。夜晚的空氣十分冰涼，她打開手機電源，發現有幾通來自社福機構的未接來電，她傳訊息給跟她聯絡的負責人，緩步離開這靜謐的商場。巷子某處傳來鬧哄哄的笑聲、電鑽聲、鐵門升降聲、某人的高喊聲。記得他們說這種地方叫城市，原來城市的聲音是這個樣子，延周一邊想一邊上了公車。

後來她又去了幾間不同的店家、找了幾名頂尖的技術人員，卻都是同樣的結果。又過了好一段時間，等她長了幾歲，生活比較穩定之後，她甚至去找了曾經待過某大企業研究中心的教授，仍無法讓那隻手重新動起來。然而無論手能否再度動作，她都總是將手帶在身邊。每到早晨，從那分不清是惡夢還是記憶的夢境中醒來，延周總會先去摸那隻手。

「延周其實是異鄉人。」

「延周前輩嗎?」

第一個把這件事告訴莉莉的人,是莉莉剛到職沒多久時負責帶她的前輩。當時她還在學習如何管理、協助穿越裂隙的異鄉人。現在回想起來,那位前輩會這麼說,應該都是有原因的。肯定是想讓莉莉心懷希望,讓她知道並不是每個異鄉人都過得很辛苦,肯定有人能夠克服這樣的困境。然而即便如此,隨便去講別人的私事,似乎還是不太好,只不過當時的莉莉也沒有資格制止。前輩說明這件事的態度無比自然,就像在提供一個輔助資料,幫助莉莉更了解課程。

「應該還不到十年吧?還是剛好十年?就在區域八的U地堡附近,那裡出現一個比一般裂隙規模要大上許多的裂隙。有好多異鄉人從那個裂隙湧入,人數比平時要多很多。其實一次要照顧一、兩個人就已經很累了,結果那次一口氣來了十幾個人，真的是亂成一團。歷史故事不是常會出現戰爭、逃難之類的詞嗎？當時感覺就像那樣。但其實我那時候年紀也還很小，所以不太懂這些。聽說延周就是當時那批人之一。她是其中年紀最小的一個，但不幸的是，她的手夾在恰好要關閉的裂隙中，害她失去了一隻手。現在有些人會因為貪圖方便，刻意把正常的手換成義肢，但在那個時候，大家都很同情需要用義肢的人。」

前輩用右手指了下自己的左手，接著說：

「幸好她是所有異鄉人中適應最良好的，可能是因為年紀小吧。她的例子也成為我們後來照顧異鄉人的重要範例，因為她在異鄉人援助專案的協助下長大，並率先加入了我們部門，幫助跟她一樣的異鄉人。跟她一起工作妳能學到很多，妳要加油。」

約莫一年後，莉莉便與延周組成了團隊。延周安靜且溫柔，跟她待在一起就像躺在溫室裡，讓人感到溫暖舒適。她是什麼時候喜歡上延周的？異鄉人協助團隊人員編制本來就少，隊員之間發展成戀人關係也並非是什麼稀奇事。畢竟他們每天都得一起面對徹底失去人生的人，時時刻刻都得看著這些異鄉人成功或無法戰勝空虛的模樣。憂鬱是一種容易傳播的情緒，因此接觸異鄉人的職員，也同樣受慢性憂鬱所苦。陷入憂鬱的他們，會想依靠身邊同樣經歷過類似情況的人，也是再自然不過的結果。

有些情侶關係美好卻短暫，有些情侶則像一般人一樣，成為機構內一對平凡的夫妻。莉莉經常與延周鬥嘴，但連這瑣碎的爭吵她都非常喜歡。她們搞不清楚是誰最先告白，但莉莉清楚記得延周首先對自己示好，這是她長久珍藏的回憶。

那天，她們負責的異鄉人準備離開保護機構。她們將這位異鄉人帶到接下來的臨時居所後，便一起返回機構。即使讓整座城市維持適當溫度的裝置二十四小時運作，那天仍莫名有些悶熱。莉莉一直流汗，那並不是健康造成的問題，實在非常奇怪。這時延周掏出了某樣東西，那是一塊又薄又軟的布。莉莉不解地望著延周，延周答說：

「這是手帕。」

手帕是個歷史悠久的物品，雖不過是一團軟軟的纖維組織，卻也因為這個簡單的理由，而使手帕在這個萬物都自動化的時代得以留存下來。當然，人們認為隨身攜帶這種小東西的行為很俗氣，因此真正會帶手帕的人可說是少之又少。

莉莉接過延周遞來的手帕，一邊向她道謝一邊拿手帕擦臉。接著莉莉說，她會將手帕洗乾淨再還給延周，後來她們便以此為藉口相約在地堡見面。這是古老文獻上才會出現的老套手法，卻也讓莉莉感到開心，因為這讓她有機會窺見延周曾經生活的世界。她把洗乾淨的手帕還回去的那天、明明能等上班日再還，卻硬是要在週末去拜訪延周的那天，延周手上拿著新上市的零食和酒，對著站在門口的莉莉說：

「要一起喝嗎？」

不知延周一個人喝了多少，她的嘴裡散發出甜蜜的香氣，臉頰也泛著紅暈。莉莉不知自己被什麼所迷惑，回應了延周的邀約，進入她的地堡，接過她遞過來的食物和酒。她原本不是會這樣的人，但回過神來，才發現自己不知何時喝醉了，呈大字型倒在延周房裡。她聽見旁邊傳來低語聲，跟她一樣呈大字型躺著，面朝天花板的延周，正用若有似無的聲音喃喃自語說著：

「剛來到這個地方時，我覺得自己就像夢遊仙境的愛麗絲。」

莉莉用有些沙啞的聲音問：

「夢遊仙境的愛麗絲是什麼東西？」

「我也不知道，不，應該說我之前不知道。好笑的是，我根本想不起來那是什麼。我知道這很不像話，不知道那是什麼卻還覺得自己像那東西。」

延周轉頭看著莉莉。

「後來我去翻了古書的資料，才發現那是一本很久以前的童話。我找了內容來看，才知道我為什麼會有這種感覺。」

莉莉眨了眨眼，延周接著說。

「我來到這個世界的時候，手上抓著的東西就只有手帕。不覺得很好笑嗎？我失去了我的手臂，卻留下了手帕。後來在機構接受身體檢查，我才知道原來我比別人更會流手汗。所以這條手帕……是我離開的那個世界的某個人，某個很了解我體質的人……為了我而塞到我手上的吧？一想到這裡，我就沒辦法丟掉這塊布。」

延周坐起身來面對莉莉，並把莉莉洗乾淨的手帕攤開，拿起來甩了甩。手帕一角，用藍色的線繡了「YJ」兩個英文字母。

「做完身體檢查後，我動了一個小手術，現在手已經不會流汗了。左手是假的，根本也不可能流汗，但我還是習慣性帶著手帕。每個人都說我這樣很俗氣，但那又怎樣？反正異鄉人在這裡不管做什麼，都會被大家認為俗氣、都會被大家覺得很可憐。」

延周突然爬起來，手朝地板摸了摸，撿起那只剩下碎屑的餅乾袋。

「妳不懂這種心情吧？就像什麼植物的種子失去了芯，只剩下外殼。原本的外殼是為了保護裡面的芯才會存在，可是現在沒有芯了，那如果有人從外面用力壓這個空心的外殼會怎麼樣？殼會整個碎掉嘛。」

延周將剩下的餅乾碎屑塞進嘴裡。兩人陷入一陣令人有些難以喘息的靜默，原本只是靜靜聽著延周說話的莉莉，沉默了好久才終於開口。

「我想我應該沒辦法完全感同身受吧，因為我不是異鄉人。不過……我可以揣摩得到。我媽媽也是異鄉人，爸爸則跟我一樣是異鄉人管理者。」

這次換成延周靜靜聽莉莉說話。

「我媽也是年輕時就過來了，聽說她適應得也很快。好像沒有什麼困難，據我爸說是這樣。但誰知道呢？我爸又不是她，也沒有變成過她，哪可能懂她的心情？」

延周緩緩起身，拿了一罐新的啤酒，就只拿了一罐。她長長的手指用力打開啤酒罐，啵的氣泡聲從罐子裡衝了出來。由於原本是低溫冷藏，拿出冰箱之後啤酒罐的表面覆蓋著一層薄薄的水氣。延周將那罐啤酒遞給莉莉，莉莉接過啤酒，一口氣就喝了半罐。

「我媽媽個性很活潑，在職場上也有很多朋友。她很喜歡出去到處跑，有什麼想學的東西就一定要立刻去學，反而讓我有點難以招架。」

莉莉停頓了一下，似乎是在挑選合適的用詞，延周則等著她開口。

「但有時候她會突然……是真的很突然地哭個不停。這種時候我都覺得很尷尬，她說她不知道為什麼就是想哭。連她都不知道了，我又能做什麼呢？就只能等那段時間過去，而那樣的媽媽讓我覺得很陌生……也讓我很難過。我會覺得，我大概一輩子都無法完全了解我媽。這是當然的，因為現在連她自己都不能完全了解自己了。」

莉莉將剩下半罐啤酒喝光，延周的目光也一直跟著她。延周的嘴角，還沾著剛才吃剩的餅乾屑。

「小時候這件事讓我很痛苦，但長大之後再仔細想想，發現這是理所當然的。一個人怎麼可能完全了解另一個人？除非是透過心電感應。」

莉莉轉頭看向延周，接著說道：

「不過，我媽媽說過能生下我，她覺得很幸運。不能理解她又怎麼樣呢？即使無法理解自己，但光是有我就已經能帶給她力量了。所以最重要的，還是現在跟誰在一起，對吧？」

那天，莉莉跟延周分享了更多故事，喝了更多的酒。當莉莉頭痛欲裂地醒來時，她發現自己在自己地堡裡的床上。她不記得自己是怎麼回到房間，也擔心自己可能發了酒瘋。正當一股不安朝她襲來時，突然有人敲響她的房門，是看起來十分憔悴的延周。延周將自己糾結的一頭亂髮往後撥，有些難為情地站在門外問道：

「昨天我們好像喝太多了，要不要一起去吃點東西醒醒酒？」

現在回想起來，那段回憶似乎已經非常遙遠了。當時莉莉試著想像各式各樣的未來，包括跟延周一起工作、共度許許多多不同的時光。

然而其中任何一種想像，都不曾有過這樣的結局。

一陣戰慄感自腳底油然而生。

「再一下，再撐一下就好，莉莉，妳不要鬆手。」

空無一物的腳底令人感到很不踏實。莉莉眨了下眼，眨眼會消耗多少能量呢？每一次眨眼的瞬間，身體都像是被誰加上了新的砝碼，越來越沉重。所以說，這究竟是怎麼回事？

接到緊急呼叫，她便跟延周一起出動到裂隙的發生地點去接異鄉人。如同她們在福利設施學過的，眼前這名男性異鄉人穿著二〇六〇年代的一般男性服飾，正呆看著他剛剛穿越的裂隙。正當她覺得那雙失去歸所的眼睛看起來極為淒涼時，她感覺腳底傳來細微的震動。起初她以為那是錯覺，第二次震動則以為是貧血的症狀，第三次才真正意識到是地面在震動。她轉過頭去看著延周，她還來不及有任何反應，便瞬間感覺身體失去重力，飄在空中……飄得越來越遠，離延周越來越遠。

瞬間發生的意外並不是夢。不，這能稱之為意外嗎？一張撕碎的紙，無論如何黏貼都會留下痕跡，產生裂隙的場所也是同樣的道理，因此所有人都知道，這裡還不安全。然而不是在已經產生裂隙的同一地點，而是在同一區域內的另一個地點，在上次裂隙產生後二十四小時內再度產生裂隙，這種事可說是前所未聞，過去不曾有過前例。瞬間，一道橫向的裂隙出現，吞噬了莉莉腳底的地面，就在延周前方的一呎處。

延周拚命伸長了身子，好不容易才抓住了莉莉。在這如懸崖般陡峭的裂隙之中，是黏膩的黑暗，裂隙的盡頭連接另外一個時空。只要延周放手，莉莉不僅無法再回到這裡，就連能不能存活都還是未知數。

莉莉用盡全力想釐清當下的狀況，她盡可能讓自己冷靜下來，希望能找出確保延周或她任何一人安全的方法。她抬頭看著整張臉因用力而皺成一團的延周，那溫柔的髮絲現在全都向前垂落，遮住了延周的臉。實在令人難以置信，不過一小時前，她還在跟延周度過一個無聊卻溫馨的週末下午，而此刻將她倆連結在一起的，竟然只剩下那一隻手。延周的右手與機械手，跟莉莉左手的五隻手指緊扣在一起。重量越重，延周越是感到右手彷彿就要斷裂。

「莉莉，妳再撐一下。不，我再撐一下，救援隊很快就……」

莉莉往空蕩蕩的下方瞥了一眼，裂隙如黑洞般深不見底。從事這份工作，她也曾想過自己或許有一天會成為異鄉人，卻沒想到來得如此突然。不過世事本就如此難預料的，不是嗎？

延周拉著她的手正微微顫抖，莉莉能感受到那股顫動。她知道自己越來越沒有力氣，似乎就連延周也逐漸被拖入裂隙中。剛產生的巨大裂隙還很不穩定，隨時都可能縮小，也隨時可能擴大，再這樣下去兩人都會有危險。

這時，不知何處傳來啪啪兩聲，莉莉朝聲音來源看去，原來是延周的手承受不住重量，左肩與義肢連接處正發出刺耳的撕裂聲。由於義肢與身體神經相連，這樣的撕裂感令延周十分痛苦。她緊咬的嘴唇冒出了鮮血，延周眼裡掉出的斗大淚珠滴在莉莉臉上。

莉莉伸出另一隻手揮舞，渴望能抓住些什麼，而她每揮一次手，便會再度聽見延周手臂的皮膚組織與神經的撕裂聲。無法戰勝重力，延周的身體逐漸被拖入裂隙，而莉莉手裡抓到的東西都無法存在太久，很快消失在裂隙之中。她們真能撐到救援隊抵達嗎？在那之前，裂隙能一直存在，不會關閉嗎……

如果這樣的願望曾經實現過，那這世界就不會有異鄉人了。靠著延周的手吊在空中的這段時間，莉莉感覺皮膚傳來一股令人發癢的震動。她的心跳突然加速，她開始想要乾嘔，她感到頭痛欲裂，這是裂隙開始關閉，扭曲能量逐漸收攏造成的症狀。而延周也出現類似的狀況。她看見延周右手發青的血管、光滑的左手撕裂的假皮膚。莉莉轉頭，望向裂隙的起點，就像有人將拉鍊拉上一樣，裂隙從遠方開始縫合。延周依然在哭，看著這樣的她，莉莉下定決心。掉在地上的對講機傳來救援隊出動的聲音，然而等他們抵達時，應該已經來不及了，因為裂隙關閉的速度極快。莉莉看著延周，正想說點什麼，延周卻搶在她前頭。

「別叫我放手。」

「裂隙在關閉了，成為異鄉人不代表會死。」

「但我也不願意，不行。」

在她們對話時，巨大的裂隙越來越窄。莉莉看著延周剩下的那隻手，她深吸了口氣，用另一隻空著的手開始將延周握住自己手腕的手指扳開。延周痛罵她瘋了，莉莉說沒錯，她瘋了。最後，莉莉直視延周的臉，突然意識到她們分別前，自己的最後一句話居然是「對，我瘋了！」實在是很不浪漫……看著莉莉快速下墜，延周似乎也下定決心要追隨她而去，只見她彎著腰，拚命揮舞著自己的左手，可就在這一刻，逐漸縮小的裂隙完全關閉，黑色的裂隙只剩下地表的一絲龜裂，隨後便彷彿從來不曾出現一樣，消失得無影無蹤。

莉莉在黑暗中飄盪，逐漸遠離開口，直到再也看不見延周。通往原來世界的路已經徹底封死，接下來她將要面對前所未有的新人生。

啪一聲傳來，延周的左手跟在自己後頭一起墜落。莉莉伸長了手渴望抓住它，她或許再也沒有機會握到延周真正的手，那她得想辦法抓住這隻手才行。飄在空中的她不斷掙扎，卻無法隨心所欲地動作。她與那隻機械斷手的距離越來越遠，就在她使盡全力要抓住那隻手時，莉莉突然眨了眨眼，回過神來，她才發現自己呆滯地站在路中央。瞬間，她的視線一片模糊，回頭一看，斗大的車頭燈正朝自己飛速前進。看著越來越近的燈光，她想到的只有兩個字：延周。刺耳的警笛聲傳來，成為延周的莉莉再次騰空，她再也想不起過去的任何事情。

延周非常努力生活。她努力學習、賺錢、與人交往。為了掩飾她空虛的內心，她更加執著地去熟悉現在的生活。在經過幾份兼職、約聘與正職工作之後，她終於找到一間還不錯的公司，得以讓自己過上穩定的生活。偶爾，連她自己也不敢相信自己曾經遭遇車禍、徹底喪失記憶。只有在下雨時，遍布全身的痠痛感會提醒她這件事。

延周的生活一點一滴往好的方向改變。她有了能稱為家的住所，也會有人帶著禮物上門慶祝她喬遷新居。她開始與人分享心事、分享祝福，也會與他人一起哭、一起笑。她持續與人交往、分開、生氣、放棄，在這過程中，她也經常會做以前那個夢，那個飄在空中，離某人越來越遠的夢。

突然流淚的日子越來越少。又過了一段時間，她與替她拭去淚水的人共組家庭。在兩人克服許多曲折、共享生活的過程中，她偶爾會聽見如啟示一般的聲音。

吃飯的時候、購物的時候、休假時在海邊的遮陽傘下、在伴侶的退休儀式上、拿退休金開店的那天、女兒的生日派對上、女兒的結婚典禮上、為她擦淚的那人的葬禮上、她獨自走過的步道上、在她重新開始獨自生活後，許多個為自己擦去眼淚的早晨、在她的店面要擴大營業，因而搬到以米黃色大理石建造的大樓時、在店裡發生問題，她接到員工打來的電話時……

莉莉。她總會聽到有人在耳邊這樣喊。

而每一個時刻，某人的手始終都陪在延周身旁。

莉莉，妳過得好嗎？雖然我也不知道怎麼樣才叫過得好。現在是早上八點十三分，我一睜開眼就來寫信了。已經到了二一九五年，卻還有沒法寄出的信，這件事真讓人難過。既然無法寄給妳，那這其實就不該是信，更應該是日記。

妳消失之後已經過了好久。我接上了新的手，這是第二次接受神經連接手術，但我還是覺得好陌生。復健過程中，我偶爾會夢到妳。夢中的妳躺在病床上，那個地方就像古老影像資料裡的醫院。妳跟陌生人聊天聊到睡著，然後會在凌晨醒來哭。在那裡，大家都用我的名字稱呼妳。

有時候，我會夢到妳在一個很小的房間裡。在那個連窗户都沒有的房間裡，妳看著我那隻斷手。每一次做這個夢，我都會想到自己遺失的手跟妳在一起，那多少能算是一點安慰。偶爾我會想，如果我的手在妳那裡、如果妳撫摸那與我共享神經的一部分，或許就表示我們依舊在一起。偶爾我會有一種錯覺，好像有人在摸我新接上的左手。驚訝的我總會往旁邊一看，卻發現身旁沒有任何人。我知道，這是一種幻肢痛。但是……如果能動用我全身的神經去感受，會不會能將我瞬間的感受傳達給妳？我們能夠再一次牽手嗎？會有那天的到來嗎？

我知道這不可能，一切都是因為我還無法放下期待。我還在同一個部門工作，每一次發生新的裂隙，我都覺得那是一種啓示。裂隙可能會通往有妳的世界，也可能通往沒有妳的世界。那裡的妳也許還是二十幾歲，跟還和我在一起時一樣，也可能已經五十幾歲，選擇和別人共度人生。每一次我都會想像越過裂隙，然而那僅止於想像。我能做的就只有笑，我覺得自己每天都像受枷鎖束縛。妳也是這樣嗎？起初這是一場悲劇，後來成了喜劇。曾經我以為我的悲劇已經走到盡頭，當妳在我身邊時，我是這樣想的。但事情總會往壞的方向發展，現在連發展的機會也沒有。這樣的狀況像極了一齣喜劇。我、我們，真有辦法跳脫這個輪迴嗎？

其實我知道答案。

我知道終結這個輪迴的方法，但我覺得還不是時候。我想講的就是這件事。今天開始，政府將要利用「裂隙」的能源與特性來研究時光機。帶走妳的那個裂隙前所未有地大，留下了穿透次元的巨大痕跡。也多虧於此，政府似乎終於找到了釐清裂隙原理的線索。

妳知道的吧？莉莉。妳消失之後，我一直在反覆回味我們在房間裡的對話。妳還記得嗎？第一個異鄉人的名字跟我很像。二〇七五年，當時叫做首爾的那座城市外圍有一個公寓社區，那裡有一棟米黃色大理石蓋成的建築，三樓是一間養生按摩店，那裡有一位五十八歲的老人。現在那個年紀已經不算老了，但紀錄上就是這麼寫。我今天又看了一次那份紀錄，真希望當時有留下照片……結果沒有。在我的夢中，妳到老都一直使用我的名字。

莉莉，我想我會試著去接觸這個世界，我也會去找回我失去的、我所遺落的一部分。這想必會花很多時間，或許等待的時間會比尋找的時間還要更長。

妳只需要記得一件事，水能夠進入任何地方，在哪裡都會流動，我想這個世界也是，我深信如此。我對妳的愛、我的聲音，想必一定能以任何形式傳達給妳。如果我夢中的妳是真的，那妳要好好珍藏我的手。

*最後的信件，參考了部分作家崔允的作品〈末日影片〉（二〇二〇）。

新年的古斯米

【宥利，妳說不想再去學校是什麼意思？】

睡了一個香甜的覺醒來，收到來自媽媽的訊息。對話框旁邊的時間，顯示這則訊息是一小時前傳的。從老家來到這個十坪大小的套房，大約需要一個半小時的時間。我從床上下來，第一件事情是去換大門電子鎖的密碼，避免媽媽任意進門。

換了密碼之後，我熱了冷凍水餃來填飽肚子。暖氣很久沒用了，地板像冰塊一樣令人難受。媽媽要是進到屋裡來，肯定會頻頻碎念說我這樣會感冒，但今天這種事不會發生，因為我不會替她開門。

我沒有調高暖氣的溫度，而是打開了電熱毯。接著我戴上耳罩式耳機，坐在床上用棉被把自己包起來。多虧了電熱毯，棉被內層的空間很快就熱了起來。因為才剛睡醒，此刻我實在沒有睡意，因此只能睜眼在那等。我必須堅持，否則意志不堅定的我要是打開門讓媽媽入內，肯定會後悔無比。

這是我對自己下的咒語，也是守護自身意志的防衛決心。或許，這更是為了邁向下個階段的考驗。

為了挑選音樂播放清單，我拿起手機，才發現螢幕上有收到新訊息的通知。

【是媽媽誤會了吧？對吧？】

【妳為什麼不看訊息？到底發生什麼事了？媽媽很擔心妳，趕快回覆我。】

【我正在去妳那邊的路上，我們見面再說吧。】

媽媽的訊息就跟她一模一樣，那充滿愛護與擔憂的字句，既令人感動想哭，又感到窒息。然而現在還不是哭的時候，為了不讓自己繼續被動搖，我決定關掉通知。才剛聽到外頭傳來車子的引擎聲，沒過多久便聽到有人走上階梯的聲音。我開始重複播放「適合在健身房聽的音樂——小心音量過大」播放清單，然後整個人躲進棉被裡。震天價響的嘈雜音樂穿透耳膜，在我的腦內四處碰撞。但幸好耳罩式耳機在耳朵的部分有一層緩衝墊，因此我並沒有感到不適。我感覺自己不像在聽音樂，而是完全融入在音樂之中。與此同時，媽媽敲門的聲音與音樂的節奏完全錯開，撞擊著我的心臟。我加大音量，這次是手機響了。我接起電話並將手機與喇叭連接，在媽媽用帶著哭腔的聲音問我怎麼了，要我趕快開門之後，我對她說：

「妳回去啦，媽，拜託妳，快回去。」

不聽她回答，我立刻掛上電話。媽媽繼續打電話來，我則不斷拒接。她每一次打來音樂都會被中斷，卻也無法封鎖她。我並不想封鎖她，只是因為太愛她了，需要一點時間來淡化那股背叛的感覺，是她把我變成這樣的。

不知過了多久，我躲在棉被裡睡著了。睜眼一看，窗外天色已經暗了下來。最近只要入睡，我總會睡得很深、很沉。這是在學校工作時難以想像的好事。彷彿是要把當時所缺少的睡眠一口氣補回來。我拿下耳機起身，耳朵靠在大門上聽外頭的動靜。媽媽的聲音已經消失，外頭似乎也沒有人，但仍不能掉以輕心。透過窗戶，我能看見媽媽的車還在停車場裡。那媽媽呢？她在門外睡著了嗎？像我一樣？如果是她，絕對有可能發生這種事。如果說她沒找鎖匠來把整個密碼鎖撬開是一種幸運，那我想我真的很幸運。我拿出一小張明信片來，在上頭寫下一些東西。那是很久以前，我跟媽媽第一次出國旅行時買回來的紀念品。

【我不會回學校，妳也暫時別來找我。】

是否要寫「暫時」兩個字，令我有些遲疑。距離新年的第一天還有半個月，這或許已經超過「暫時」的範疇。然而我是用簽字筆寫的，如果想修正，就得拿出一張新的明信片。因此我拿著那張寫著暫時二字的明信片，直接從門縫塞了出去。過了約莫十分鐘後，我才從門外的動靜聽出她就坐在門口。

「妳會這樣，是因為覺得我不會支持妳嗎？」

接著我聽見她奮力撕毀那張明信片的聲音。

「……我不想跟妳對話，反正妳也不聽我說話。」

「妳這是在搞叛逆嗎？妳又不是國中生，都三十歲了，怎麼還這樣？」

「妳看現在也是這樣，妳就只顧著說妳想說的話。」

「妳就是要照著自己的想法來才會開心，是吧？妳都沒錯，錯的都是我，我就是那個壞人。妳以為這些是我年輕時沒經歷過嗎？大家都是這樣過來的。我都能撐過來了，那妳為什麼不能？我是怎麼把妳養大的？我都是為了妳好啊！妳照我說的去做，有哪一次失敗過了？不然……妳該不會是為了折磨我才故意這樣的吧？」

再聽下去也只是讓自己更難受。我舉起拳頭，用力捶了一下門。似乎被那聲巨響給嚇到了，外頭的媽媽瞬間閉上了嘴。我繼續捶著，不停捶著。砰、砰、砰，我不理會媽媽的話，只是一個勁地捶著門。接連不斷的噪音，讓對面鄰居開門察看，不耐煩地詢問究竟發生了什麼事。媽媽不斷向鄰居道歉，然後才離開了我住的地方。直到看見她坐上車、駕著那輛白色Sonata駛離我住的社區之後，我才終於能放心地喘口氣。

才一開門，便能看到那張明信片的殘骸。我將紙屑收集在一起，拿到垃圾桶去扔掉。好不容易壓抑住的心，噗通噗通劇烈地跳動著，彷彿隨時都會衝出胸口。媽媽不會改變，她一直都是現在這個樣子。但我跟她不一樣，我不曾過過她的人生，她自然也沒過過我的人生。這理所當然的事實，她為何不能接受？每當在不會有人進出的這間套房裡，反覆體驗那孤獨的時刻與情緒時，我總不免要面對這個問題：為何比起那些折磨我的人，我更痛恨媽媽？我為何無法輕易原諒她？於是我突然明白，愛與背叛的程度成正比，而我也還不願意真心相信媽媽。

「我總在想像對某人復仇。」

某一次娟友姊的醉話閃過我的腦海，記得那是她消失前兩年講的話。復仇。我想現在我隱約能夠猜到，她的復仇對象是誰。媽媽問我，我是不是為了折磨她才故意這麼做。沒錯，我是故意的，我這麼做是為了讓她受傷，而這點與復仇非常相似。然而我並不想折磨她，只希望她能理解我。

外頭的天氣十分陰沉，看起來隨時都會下雪。這是我討厭的天氣。我打開電視，熱了一碗即食粥坐在沙發上觀看。手機的螢幕上，跳出一封未知寄件人傳來的訊息。

【我在摩洛哥。】

對方的個人檔案連照片也沒有，暱稱欄位只有一個點。我想應該是很久以前就斷了聯絡，後來跑去留學的朋友之一，便將那則通知清除，沒有進入對話視窗。便利商店賣的鮑魚粥麻油味很重。今天是我辭去私立學校教職第五十七天，也是娟友姊消失滿一年的日子。距離新年來到，還有半個月。

吃了微波鮑魚粥，我回想起多年前的某天。那天就像今天一樣，距離新年沒剩多久。要解酒的時候，有些人會選擇吃粥。說完這句話，娟友姊把剛喝下去的酒又吐出來，接著對我說：宥利，我總在想像報仇的那一刻，而我覺得妳跟我很像。

娟友姊是小姑姑的女兒，大我一歲。記得小時候我們很要好，父母有事的時候，我就會到她家寄住。我們會一起看電視看到很晚、一起玩泥巴，睡前則聽著學籍上大我一屆的姊姊說些朋友的事，把那當成陪睡的童話故事。姑姑家以姊姊要讀書為藉口停掉了有線電視，因此我們只能看無線臺。無線電視臺晚上會播的節目，大多是教育類的紀錄片。其中我們最喜歡的，是記錄世界各地風景的旅遊紀錄片。我們每晚跟著節目深入沙漠、下潛深海、欣賞掛在法國美術館裡的畫作、到美國品嘗漢堡，最後在馬來西亞的度假村入睡。

姑姑家與我們家開始疏遠，是我剛進小學時的事。在保險公司工作的姑丈為了業績，強迫爸爸加入一個不怎麼好的保險。姑丈本就是個愛吹噓的人，以為凡事只要好笑就好，從來都不認真。留宿在姊姊家時，我不只一次被姑姑和姑丈吵架的聲音給吵醒。然而有別於一吵架就會冷戰超過一星期的我們家，姑丈隔天早上會像從沒吵過架一樣纏著姑姑，姊姊似乎也不太在意他們這樣吵架。這樣的相處模式，總讓我感到新奇。怎麼能夠好像什麼都沒發生一樣？當時我也想學習姊姊的豁達。雖然我們只差一歲，但對當時的我來說，姊姊可比姑姑和姑丈更像大人。

姑姑和姑丈接連強迫爸爸買保險，最後是媽媽代替他出面跟兩人大吵一架。自此之後，逢年過節家族團聚的場合，姑姑就會當著媽媽的面說些惹人生氣的話。媽媽的人生哲學是有話不吐不快，因此她們經常吵架。兩人之間的爭端，很快演變成家族與家族的對抗。姑丈跟爸爸說話口不擇言，爸爸則憤怒地要姑丈把過去借的錢都還來。與此同時，我跟娟友姊則躲在小房間裡，把棉被蓋在頭上聽歌。歌曲結束了，我們就會聊之前看的紀錄片。我們聊的內容大多是食人魚其實很膽小、巨蟒從不咀嚼，會直接把獵物吞下肚、某種植物會散發屍體腐爛的味道等等，各種瑣碎卻有趣的雜學知識。媽媽將我們躲藏的棉被掀開，用十分低沉的聲音說該回家了，叫我趕快把衣服穿好，並拉著我離開那個家。

我對姊姊最後的回憶，以最糟糕的形式保留了下來。後來我再也沒去過姑姑家，我們上的小學不一樣，要跟她碰面很困難，總之，事情就是變成這樣了。我們住在同一個公寓社區，因此兩家人的確經常碰面，相處起來卻不再像過去那樣溫馨。有急事的時候，他們不再會請對方幫忙照顧孩子。許久以後回顧這件事，我做了一個結論——雖然親戚之間常有這種爭吵，然而這卻成了第一聲號角，點燃媽媽與姑姑之間的競爭火苗。

媽媽把姑姑當仇人一樣痛恨，除了當時的爭吵之外，大人之間還有錯綜複雜的金錢問題，當時不過才讀小學的我自然是毫不知情。就這樣斷了聯繫的娟友姊跟我，則在我升上小學高年級、姊姊進入國中就讀之後，我們兩家才為了共享一些資訊而恢復聯絡。我們住的地方很小，大家都認識彼此，根本不可能裝作完全不認得對方。只不過即便重新恢復聯絡，我對娟友姊的感情卻成了截然不同的樣子。

姊姊頂著分班考試全校第一的頭銜展開國中生活。她以學生代表的身分，在開學典禮那天站上講臺。姑姑為了慶祝，便邀請我們一家人去吃飯，招待我們吃很貴的西餐。媽媽不停追問姊姊上哪間補習班，姑丈則說我也一定能夠表現得很好，沒有經過同意便摸了我的頭。媽媽一邊用叉子剝下義大利麵裡的蛤蠣肉一邊說：

「娟友這孩子本來就很成熟，跟宥利一起去學鋼琴的時候也是，宥利連徹爾尼[2]都不會彈，娟友卻參加了聯合演奏會。她怎麼這麼無所不能啊？那時候啊，在鋼琴補習班真的花了很多錢，現在想想真是覺得浪費。孩子大了也沒有要讓她繼續學，當初學那些真的都沒用。」

那應該是我九歲時的事。社區裡新蓋了一棟住商混合大樓，商家樓層大多是各種補習班進駐，家長也互相轉傳那份補習班清單。其中的鋼琴學院由某位鋼琴家開設，她畢業於首爾某知名女大鋼琴系，後來加入法國的樂團。當時那間學院很受到歡迎，一次有超過二十個學生報名上課。如果想跟院長面對面諮詢，至少要在一個星期以前預約。十分熱中於教育的媽媽，在五十比一的競爭率之下把我送進了那間學院。但別說是鋼琴了，我對任何樂器都沒有興趣。在我上鋼琴學院上了約一個月之後，一天我回到家，正好掛上電話的媽媽轉頭問我：

「學院怎麼樣？還不錯吧？」

我說我不想再去，理由多得不得了。我討厭奮力張開手掌，討厭要想辦法讓自己的手能橫跨八度按到兩個Do。我討厭必須在類似單人牢房之類的地方，看著那如暗號一般的音符。最討厭的是必須跟拿著籐條的院長一起，關在小房間裡練習鋼琴。媽媽一有機會就提起她付的鋼琴補習費，說我必須要有好表現才不會浪費錢。我說反正我就是彈不好，也沒有興趣，不如就省下那筆補習費，這樣或許多少能幫助家裡的經濟問題。當時是珠算、跆拳道、辯論等才藝流行的時期，這番話則是我第一次對媽媽做出的反抗，是我用自己的邏輯，經過計算後導出的結論。

但她說我不能這麼沒有毅力，她在我這個年紀不僅會彈徹爾尼，更參加了聯合演奏會，還問我為何做不到。我完全沒猜想到她會給出這樣一個回答。無法理解她這番反應的我則反問：

「不是說家裡沒錢嗎？那我不繼續上鋼琴課反而更好吧？」

媽媽氣得火冒三丈。罵我怎麼會以為家裡沒錢送我去學鋼琴，而且這根本不是錢的問題，而是我的態度問題。投資都要獲得回報，現在我卻直接

2. 卡爾・徹爾尼（Carl Czerny，一七九一—一八五七），奧地利作曲家、鋼琴家、音樂教育家。

說要放棄，這樣她花在鋼琴學院的錢就是一種浪費。還罵我說爸媽辛苦賺錢回來，我除了把這些錢丟進水裡之外還會做什麼？

但我從來不曾拜託她投資我去學鋼琴，叫我去學的明明就是爸媽，我覺得好委屈。那一刻，我覺得自己就像在成熟採收前便腐爛的農作物，瞬間成了毫無用處的存在。

我突然想到，每次我沒什麼胃口吃飯的時候，姊姊總會把自己那一份炸物給我。我是在隔天到鋼琴班遇見娟友姊，才知道原來那天跟媽媽通電話的人是姑姑。也得知了姊姊跟我在同一個地方學鋼琴，她是高級班的學生，還因為表現優異而要開一個小小的演奏會。當然，這些都是我開始學鋼琴之前的事。後來我還是經常蹺掉鋼琴課，也曾經在練習室裡偷吃零食被院長痛罵。幾經波折，才終於不用再學鋼琴。在這期間，姊姊開了三場演奏會。我一直很想把她放到我碗裡的炸物重新還給她。

跟姑姑一家人吃完飯後，回家的車上媽媽像在唸咒，不停重複說分班考試的分數根本無助於考大學。接著又說低學年就送小孩上各種才藝實在浪費錢，然後又提到為了豐富上國中前的書面審查資料，還得花很多錢讓小孩去上專門的才藝班，抱怨說我上鋼琴的錢湊一湊，拿去開店都綽綽有餘等等。她重複說著這些話的時候，我則一直看著窗外，看也不看她一眼。

「所以我就說我不想去了啊。」

「妳哪有說？妳從來沒說過。鋼琴是妳說要學的，是妳一直纏著我又哭又鬧，我才送妳去的。」

我從來沒有做過這種事。我實在有點弄不清楚，究竟是媽媽在說謊，還是她真的不記得？她這種輕易把責任推到我身上的態度，也令我不知如何是好。

「哪有！那時候我明明就有說我不想去，妳還生氣說叫我一定要繼續上。」

接著媽媽一臉不在乎地說：

「那可能就是妳沒講清楚吧。如果妳能像娟友那樣把話說清楚，我哪可能不記得？是妳求我讓妳去上課我才送妳去的，結果妳卻一天到晚偷懶，都不曉得賺錢有多辛苦。」

我面色凝重地閉上嘴，媽媽才終於轉移話題。她總是這樣，總是選擇忽視對自己不利的對話。而我一生氣，她就會開始用彆扭的稱讚來安撫我。她絕對不會承認自己有錯、自己可能犯錯。明明跟爸爸或其他大人說話時都不會這樣，只有在跟我說話時才會。

那天晚上我嚴重消化不良，回到家後便把姑姑請的昂貴大餐都吐了出來。臥病在床好多天，等我清醒過來，媽媽竟然拿了一本新補習班的手冊來給我，說是要我下個月開始去上課，大家現在都會上這種先修班，還說娟友姊也在這裡補習，我應該會很開心。

✦

記得那是我辭去學校工作之前的事。我好像已經很久沒有睡過一個長長的好覺，我覺得再這樣下去我可能會死掉，於是便問媽媽說：

「媽，我國中時不是有去上一個韓英補習班嗎？妳記得嗎？」

「記得啊，妳跟娟友一起去的嘛。那時妳一直吵著說妳要去。」

「我根本不想去，那間補習班的主任很討厭我，一天到晚打我。」

「妳每次都說不想去。」

「剛才妳不是說我吵著要去嗎？」

「這很重要嗎？這些都以前的事了，誰會記得啊？」

媽媽絲毫不把這當一回事，隨即轉移了話題，但我卻對這樣的相處模式感到十分厭倦。

「話說回來，聽說妳姑姑今天昏倒送醫了。好像是娟友本來說要拍婚紗，結果人突然就不見了。姑姑以為她是捲入什麼犯罪案件，緊張得不得了。沒想到她今天接到房仲打來的電話，說是要姑姑去娟友住的商務公寓，把裡面私人行李都清空。這時候姑姑才發現，娟友根本是故意搞消失。她是故意的。她早就把房子的押金都拿走，也把筆記型電腦跟貴重物品之類的東西都帶走。進到公寓一看，發現她把東西都整理好放在箱子裡，所以她肯定是早就想好要跑了。真是的，誰會想到她會去搞消失？姑姑一天到晚把女兒掛在嘴上炫耀，但人的事真的很難說。新郎那邊吵著說要提告，這真的是給父母丟臉。妳知道些什麼嗎？妳跟娟友不是很要好嗎？」

得知娟友姊搞消失，婚事徹底告吹之後，媽媽只要一有機會就會跟我提起這件事。我跟娟友姊很要好嗎？偶爾從媽媽那裡聽說娟友姊的事，我只覺得我跟她認識的娟友姊，似乎是截然不同的兩個人。

✦

姊姊什麼都會。不光會讀書，更會運動、會樂器、會畫畫、會辯論，她無所不能。出去參加比賽，她總能得獎回來，兩家之間輸的總是我們。這裡的「我們」，是指我跟媽媽。爸爸對這些事大多不太關心，只有在跟媽媽吵架或在外頭遇到不順心的事情，他才會去提姑姑家的事情來貶低媽媽，而媽媽承受的壓力則會轉嫁到我身上。

雖然跟娟友姊上同一間補習班，我卻沒能以分班考試全校第一的成績入學。我一直把姊姊當成透明人，姊姊則選擇跟其他朋友往來，再也沒有分神照顧過我。每一次段考，姑姑都會打電話給媽媽來刺激她。姑姑打電話來的那天，媽媽總是會心情不好。她會把姑姑說的話原封不動地轉達給我，但又說她很愛我。她的最後一句話總是這樣：

「總之，宥利啊，妳要讓媽媽抬得起頭來才行。要讓媽媽不管去哪裡都不覺得低人一等。」

我開始有強迫症，認為自己必須持續證明自己的價值。接踵而至的壓力與壓迫感日漸強烈，我對姑姑家與娟友姊的厭惡感也越來越深。每到考試期間，我總會希望姊姊能因為某些不可抗力因素而考砸，有時更會想像姑姑罹患不治之症。希望他們過得不幸的自己，也讓我覺得面目可憎，甚至想去死。

我們很快升上高中，參加了大學入學考試。娟友姊靠著優異的校內成績與完美的大考成績，順利考上了Y大醫學院。姊姊去到首爾之後，姑姑大多數時間都是一個人。她開始會提出一些不必要的邀約，堂而皇之地跑來我們家。

姑姑的話題，有八成都是娟友姊進入醫學院後的校園生活。首先是她交男友的事。據姑姑說，不久前姊姊他們系上跟S大的學生聯誼，大家都非常想跟完美的娟友姊做朋友。還不停誇海口，說姊姊一定能夠靠優異的成績拿到獎學金。姑姑口中的姊姊就像童話故事裡的公主、連續劇裡的女主角，是個幸福又完美的人。但我突然在想，姑姑怎麼會這麼了解姊姊的日常生活？

姊姊忙著適應大學生活，我實在難以想像她會這樣把瑣碎的日常全告訴姑姑。她們兩個人關係有這麼好嗎？我試著回想小時候的情況，並不覺得她們母女感情有多好。姑姑總把姊姊掛在嘴邊，姊姊卻幾乎不提家裡的事。即使是在家族聚會上，姊姊也總是躲在後頭，像守護神一樣靜靜跟著姑姑。說不定姑姑口中的姊姊，其實是姑姑自己的理想。當然，這樣的想像不過只是我自己的胡亂猜想。

每次話題要結束時，姑姑都會用叉子叉起一塊媽媽精心挑選過的軟梨子，說：

「娟友就是我打造的作品。」

她說，她把自己的一生都投資在娟友身上，看到娟友沒讓自己失望，長成這樣一個優秀的孩子，她不知道有多開心。我看著坐在對面切著梨子的媽媽，她的表情就像輸掉比賽的運動選手一樣委屈，但那張臉卻像極了姑姑。那時，我第一次覺得說不定娟友姊的心情就跟我一樣。那年過年姊姊沒有回老家，我無法確認姑姑說的故事哪些是真的。

就這樣，學生時代即將告終。我單純地認為，只要上了大學之後，這樣隱形卻無所不在的痛苦就會結束。隔年，我考上一間師範大學，那間大學就在離家最近的直轄市。媽媽非常開心，彷彿我已經當上老師一樣，開始逢人就說我考上師大。終於獲得認可的滿足感也讓我相當興奮，雖然心裡還是感到一絲不對勁，但我努力忽視這股異樣感。最重要的是，能夠離家展開獨立生活，讓我非常高興。

我早早整理好行李搬去租屋處，過年時也跟姊姊一樣沒有返鄉。我選擇在陌生的社區，跟新認識的朋友共度節日。我們在外頭玩到很晚，一直到回家的時候，我才注意到手機螢幕上有五通未接來電。一通是爸爸，剩下都是媽媽。我以為有什麼急事，便趕緊回撥過去，沒想到媽媽以相當疲倦的聲音，開始跟我傾訴今天一整天她一個人做了多少事，接著又講到久違地與姑姑一家人見面的事。

「妳姑姑一直在炫耀，說娟友拿到獎學金了，我還以為我耳朵要長繭了咧。妳也要努力一點，給媽媽爭口氣。妳可以拿獎學金吧？」

我沒有回答，媽媽則接著說：「愛妳，我的寶貝女兒。媽媽會一直為妳加油。新年快樂。」我低聲回答說我也是。

後來我只有通過家中長輩的轉述得知姊姊的消息。一直被各種比賽的獎項、華麗經歷與成績所定義的姊姊，在我的心裡再也不是她原本的長相。

後來我再一次見到娟友姊，是在大學剛畢業之後的事。當時我跟朋友一起到學校附近的調酒吧去玩，是姊姊主動跟我打招呼的。她說她朋友在這裡工作，她來旅遊就順便過來這裡玩。而當時她的模樣，跟我最後一次見到她時可說是截然不同。慈眉善目且臉頰圓潤的她消失得無影無蹤，現在的她目光銳利且有些神經質，從頭到腳都變得更加成熟幹練。姊姊欣喜地詢問我的電話號碼，我沒有拒絕的理由，便有些不情願地留下聯絡方式。那天清晨，姊姊打電話來約我見面。

起初我想逃避。因為我很擔心跟姊姊重逢後，會發現她就像姑姑說的那麼完美。即使過了這麼久，我依然各方面都比不上她，沒有一點比她好。我遺忘已久的自卑感與嫉妒心逐漸抬頭。其實，那也多少是因為我當時面臨的狀況。接連幾次的考試失利讓我感到挫敗，讓我覺得自己十分笨拙。我就讀的師大英語教育系畢業的學生，在教師資格考試的合格率很高，我卻不知為何一直落榜。光是通過第一階段筆試就花了我兩年。我一直以為自己一定能考上，卻一再落榜，最後連我也開始不相信自己。接著又花了三年才通過第二階段考試，又因為太過緊張的關係，在示範課程時失誤連連。最後自然也是落榜。當然，其實這種考試能否合格，還是取決於第一階段筆試的成績，因此我不知道失誤是否真的造成任何影響，但說來說去都是自信的問題。

準備考試的時間越久，我就越顯渺小。相較之下，姊姊的人生則是一帆風順。據姑姑所說，她已經大學畢業，正在規劃去國外留學。當時在我的認知裡，姊姊這輩子從來不曾遭遇過任何危機或困境，而這樣的她竟主動跟我聯絡，對我來說實在一點都不真實。我當然不曉得姊姊面對的狀況跟我一樣。她鍥而不捨地問我何時能夠碰個面，我一直等到再也找不到理由推託，才終於答應跟她見面。

「宥利，妳過得好嗎？」

我不情願地點了點頭。看起來十分疲倦的姊姊則笑了一下，回說那真是太好了。雖然我心想這麼累不如在家休息，卻無法把話說出口。

「我們兩個好久沒見面了，小時候每天都這樣玩在一起，對吧？」

姊姊自然地點了一瓶燒酒、一瓶啤酒跟辣炒豬肉。轉開燒酒瓶蓋的聲音聽了真是舒暢。同學們各自找到工作之後，我很久沒有機會出席這樣喝酒的場合，因此非常高興能聽到轉開瓶蓋的聲音。原本約在家附近的餐酒館，就是希望能簡單吃個飯交流一下近況便分開，結果計畫卻在酒的搗亂之下無疾而終。

我只記得自己那天喝了很多酒，至於究竟聊了什麼，卻都想不起來了。我有很充分的理由喝醉。我的考試接連失利，精神狀況不是很好。那天也得知姊姊在大學裡因為不同小團體之間的鬥爭、忙碌的課業以及糟糕的戀愛經驗而承受許多痛苦。我記得她說她很怕看到血，光是看到血都會吐。她試著回想自己何時發現這件事，才知道是在高中一年級的時候。當時班上的同學瞞著班導偷偷放恐怖片，看完之後她就一直覺得很噁心，心跳快得就像心律失常……但既然這麼怕血，她為何會選擇讀醫學預科？

我們聊的，好像就是這類的內容。

那天，姊姊跟我都喝了很多。為了維護自尊，我一個勁地喊苦卻不願意把原因說出來。姊姊不明其所以然，仍一直安慰我，還陪著我一起哭了。

也許是酒精與夜晚的力量吧，我們越哭越覺得存在於我們之間的那段空白獲得填補。回溯了一個月、一年、十年、二十年，我突然想起那個成為我人生中最糟春節的大年初一。在大人的爭吵聲當中，保護著我的棉被，以及在棉被裡緊握著我的那隻手。

我們一起哭了一陣子，隨後便離開了那間店。凌晨的空氣十分冰冷，讓我們瞬間清醒了過來，卻無法拯救沉浸在情緒中的我們。那天，我看見自己人性的底線。我靠在店家旁邊的電線桿吐了一地，然後一個踉蹌跌到我的嘔吐物上。這樣又笑又哭又噁心想吐，將曾經無法拿給任何人檢視的情緒團塊，跟著酸臭的嘔吐物一起吐出體外。也許是因為想到我們不會再見面，才能夠這樣坦誠吧，而我想姊姊也跟我有一樣的想法。買完解酒液，我們正往我的租屋處走，姊姊突然口齒不清地嘟囔著說：

「宥利，我一直都想要報仇，而我覺得妳跟我一樣。」她微微側過頭看著我。

「妳不是一直都在裝乖嗎？但妳根本一點都不乖。我都知道。妳問我怎麼會知道？因為妳哪可能這麼乖？妳要是乖，那妳就是傻子，因為妳媽跟我媽根本一模一樣。」

姊姊的聲音越來越小，而我靜靜聽著。

「我知道妳討厭我，妳臉上就寫著妳討厭我。可是妳知道嗎？我也超討厭妳。我媽一天到晚講妳的事情、罵妳爸媽，不知從什麼時候開始，我覺得她講的好像都是真的，很希望你們一家人可以消失。每次壓力很大的時候，我都會希望你們家乾脆完蛋。可是後來我仔細想過了，我只是討厭聽我媽拿我家跟妳家來比較而已。」

聽著姊姊的醉話，我在想，姊姊只是希望我們完蛋，我卻是希望他們去死。我甚至還想像過她一個人坐在殯儀館的樣子。在我的想像裡，她可憐得無以復加，但幸好我沒說出口。

「我現在覺得胃好難受，妳去便利商店買碗粥來吧，我們分著吃。」

回到租屋處後，姊姊立刻把剛才喝的酒都吐了出來，之後又繼續發酒瘋發了一段時間。我讓她躺在房間裡，一個人跑去便利商店買她心心念念的即食粥。回來之後，姊姊似乎稍微清醒了一些，她一邊哼著歌，一邊拿著小小的塑膠湯匙舀粥來吃。

「這真的好好吃。我媽以前真的很討厭我去便利商店，補習班附近的便利商店有很多蹺課的學生擠在那裡，她很怕我跟那些人玩在一起，我也會跟著變壞。好笑吧？我幹嘛跟他們玩在一起？我只是肚子餓而已。我媽做的那些健康料理怎麼吃都不會飽，我都還要去便利商店買一碗粥來吃，沒想到這粥現在居然還有在賣。」

姊姊舀起一匙粥往我嘴裡塞。我雖然不怎麼想吃，但也不好意思拒絕，便張口吃了，沒想到意外好吃。雖然沒吃到鮑魚，卻能品嘗到大海的味道……還有香噴噴的麻油味。那天晚上，我們便分享著那碗粥，一起回憶那早已褪色泛黃的童年時光。當時玩過的幼稚遊戲、在文具店買來吃的垃圾食品和七彩黏土，以及我們一起看過的漫畫與教養紀錄片。

「妳記得我媽跟妳媽大吵架的那次，我們一起看的那部紀錄片嗎？那時候我第一次有想搭飛機的念頭。那部紀錄片講的是摩洛哥的沙漠與新年，聽說那裡的人新年時都會吃古斯米。那是一種鬆鬆軟軟的黃色米粒，我們當時說很想吃那個東西，還用黏土做成古斯米。當然沒有真的吃下去啦。」

我記得。那件事就像被我原封不動地深藏在心底，依舊清晰。我們用紅色的黏土做成碗、並將薄薄的黃色黏土撕成小塊假裝成食物。最後姑姑好像還生氣，說房間裡面被我們搞得亂七八糟。我們用黏土做的古斯米瞬間被她踩爛，而我那句含在嘴裡的話最終沒能吞下去，而是直接脫口而出。因為當下，我只覺得我必須這麼說：

「我們去吃古斯米吧。」

我沒能跟姊姊去吃古斯米。那天之後，我們偶爾會傳訊息，但並沒有持續太久，最後依舊斷了聯繫。這沒有什麼特別的契機，單純只是一個晚上的相處，要用來消解那長期積累的模糊情緒實在太過短暫，而這似乎才是最適合我們的距離。時間流逝，我聽說姊姊進到江南的知名皮膚科工作，也同時得知姑姑透過教會的執事，介紹姊姊認識一名企業家，兩人即將結婚。媽媽還拿了對方的檔案照片給我看，那男人看起來一點都不適合姊姊。而我經過短暫休息後挑戰第四次教師資格考，卻依然以失敗收場。最後接下了為期一年的臨時教師工作，再加上其他兼職打工，艱難地維持獨立生活。姊姊跟我已成了不同世界的人，因此即使凌晨接到她打來的電話、收到她傳來的訊息，我也沒有回應。回覆了之後會有什麼不同嗎？

姊姊消失時，我已經在媽媽朋友的介紹之下，進入一間私立學校擔任與大學主修無關的第二外語老師。訓導主任四十出頭，是理事長的姪子，一直纏著二十多歲的我，要我介紹朋友給他認識。我想盡辦法迂迴地給他軟釘子碰，他卻在每次遭到拒絕後，指派給我極為誇張的工作量。其中包括必須比學生早一個小時到校的導護工作、校慶企劃，甚至是擔任宿舍的舍監。交到我手上的工作，大多都是訓導主任自己的事，或是其他與訓導主任交好的老師的工作。人人都有分擔校務的責任，但這個道理在他的世界裡似乎不存在。

清晨六點上班、晚上九點下班的循環日復一日，我每天都為訓導主任的折磨所苦。這種情況，我只能稱之為折磨。有權力的老師明目張膽地不把我當一回事，學生們也都注意到訓導主任的態度，開始跟我保持距離。有一次，我因為長期睡眠不足，導致呈交上去的報告出了一個小錯。那份報告一點都不急，而且那是我能立即修正的錯誤，主任依然在學生來來往往的走廊上，口無遮攔地高聲怒斥。走廊上所有人的視線都集中到我身上，瞬間我感到難以呼吸，視線也變得扭曲模糊。我記得的最後一個畫面，是主任高高舉起的手。就在那隻手朝我揮過來之前，我便被捲入黑暗之中。我撞到頭跟肩膀，四面八方傳來騷動聲，接著我便失去意識。

我會這樣的原因有很多。長期睡眠不足、極度的壓力以及恐慌。睜開眼的時候，我看見的是媽媽那張擔憂的臉。瞬間我眼裡都是淚水，我覺得自己不能再這樣下去。我把自己遭遇的所有不當對待都告訴媽媽，怎麼說也說不完。而在我邊哭邊說著自己的遭遇時，媽媽一直溫柔地拍著我的肩膀。她的撫觸無比溫柔，還會不時拿衛生紙替我擦去淚痕。聽我說話的時候，媽媽不停點頭，我認為她這是理解我的表現。我覺得我已經盡力了，如果在學校當一個老師不適合我，那看是要轉去補習班還是直接轉換跑道都可以。我把一直以來藏在心裡的話說出來，還告訴媽媽說，我知道這是她費盡千辛萬苦幫我找來的工作，但我實在無法繼續待在學校，那所學校根本不適合正常人。媽媽看著我的眼睛，用圓潤的手指撥開我額際汗濕的劉海，接著緊抱住我說：

「這是因為妳第一次到私立學校工作，妳要好好揣摩主任的喜好，好好配合他。他不是理事長的姪子嗎？學校理事長是這一帶的知名人士啊。只要當過老師，那妳終生都會被人認為是老師，沒有比這更好的工作了。就算現在很辛苦，但這些都會過去的。媽媽投資在妳身上的有多少，妳可不能隨便找份工作來做啊。這都是為了妳好，妳要懂得忍耐、懂得克服。妳可以的，我的寶貝宥利。媽媽愛妳，妳知道吧？」

當下，我感覺到強烈的背叛，勝過以往我曾經有過的任何一種情緒。

而可笑的是，那一刻我突然想起了娟友姊，我一再回想姊姊酒醉時說的那些話。出院後，我再度接到清晨擔任導護老師的指示時、看到學生們指著我竊竊私語時、坐在沒有人來問問我狀況的教職員室裡時、主任帶著若無其事的神情來到我身旁，拍拍我的肩膀說「今天也要加油」時，我都會想起媽媽，並且一再回想姊姊當時的話。我一直想著要報仇。我好想聽聽姊姊用酒醉之後的含糊嗓音再說一次這句話，但她已經消失了。突然地，不知去向。昨天與今天，我對我最信賴、最愛的人說出一切，卻沒能改變任何事。

於是我選擇把自己關在家裡。遞出辭呈後，我把過去主任那些暴力言語的錄音檔傳到教育局留言板上，並把自己關在家裡足不出戶。我刪除所有社群帳號，也重置了所有通訊軟體。如雪片般飛來的聯絡電話被我一一忽視、封鎖，我不知道外頭如何處理這件事。未來會怎樣我還不曉得，但現在先別來找我。這件事或許會以主任遭到懲戒作結，也或許人們會認為主任只是犯了個小錯。但無論如何，我都只是希望報復媽媽，因為她傷我比任何人都深。我希望她能承認她錯了、她對我做的事情是錯的。即使要她認錯的方法是毀掉我自己，我也在所不惜。

媽媽來過後的隔天，我被清晨的敲門聲叫醒。門外傳來陌生的說話聲，以及掏出工具的聲音。又是媽媽，看來她是找了鎖匠。我大喊說裡面有人，如果他敢撬開門鎖，那我就要報警。接著媽媽像前一天一樣，拚了命瘋狂拍門。沒有人喜歡一大清早就被噪音騷擾，因此鄰居們一一出來抗議，媽媽只能摸摸鼻子離開。她似乎還想跟我說點什麼，但我摀住耳朵沒有去聽。

一早就這樣鬧了一場，讓我感到十分無力。我隨便拿麥片加牛奶充當早餐，接著收到一個陌生人的訊息。

【這裡天氣很好。那裡應該正值冬天吧？今天我到市場附近的咖啡廳，喝了一杯超甜的咖啡。我決定下星期也要去，我要騎駱駝去。】

這像一封短短的信箋，也像旅行日誌。我有些好奇這是誰，卻沒有勇氣先開口問。我清除了通知，一頭倒在沙發上。

摩洛哥，沙漠與古斯米。

我只想到一個人。不會吧？我趕緊坐起身來，重新打開那封訊息。字裡行間那獨特的輕柔語氣，肯定是娟友姊。原來姊姊去到那了，她真的去了。我該回她嗎？該問她什麼才好？一瞬間，無數個問題閃過我的腦海，但我最終依然選擇什麼都不說。我其實很害怕跟人說話。如果對方回應，那對話就得繼續，而我就得繼續說自己的事情。我努力壓抑激動的心情，就在要離開對話視窗的那一刻，姊姊傳了張照片來。

【我覺得一個人看太浪費了，所以想起了妳。】

姊姊傳來的照片，是摩洛哥的夜空。她似乎是在屋頂上拍的，那平靜的深藍色天空之下，處處是老舊斑駁的牆壁與花花綠綠的布匹。那與我至今看過的風景太過不同，感覺像是從網路上找到的虛擬世界圖片。

我沒有回覆，只是將那張照片存了下來。退出對話視窗，我打開相簿裡的照片，放大後盯著夜空看了好久、好久。我躺在只有十坪大的小小套房裡，眼前卻是摩洛哥的夜空。曾經生死不明的表姊、曾經是我嫉妒的對象，傳來這樣的風景。收到這照片之後，我整天在家查找摩洛哥的資訊，深入了解當地的天氣、風景、人種、文化與飲食。時間過得比昨天要快，不知不覺間離新年又近了一天。

一整個星期下來，媽媽不停來找我。起初她會敲門，後來她知道這樣沒有用，便嘗試站在門口跟我對話。她哀嘆、溫柔勸導、脅迫、哭泣、高喊……而我每次都用耳罩式耳機與棉被阻隔一切聲音。我躲在棉被裡，用筆記型電腦看著與摩洛哥有關的紀錄片。當我被音樂環繞，就會想起當年跟姊姊共度的那個糟糕節日。當時一團混亂，大人忙著相互傷害，但棉被裡的我們卻溫暖舒適。

就像媽媽每天來找我一樣，自從我存下那張夜空的照片後，姊姊也同樣每天分享摩洛哥的日常與風景給我。受困在房間裡的我，則一如既往地、理所當然地等著她的消息。然而，姊姊分享的並非總是好事。她偶爾會傳模糊到看不清的照片來，好像是她喝醉酒時照的。自拍也是有好有壞，甚至能從文字當中感受到她的煩躁與憂鬱。她曾在那裡遭遇種族歧視，也曾經被扒手光顧。她會用連篇的錯字痛罵不順心的事，我喜歡這樣，喜歡知道姊姊並不完美，喜歡知道最後瀟灑地逃離這一切的姊姊，有時也跟我一樣滿身瘡痍。我曾經幾次想要回覆，最終還是把寫到一半的訊息刪除。姊姊從不催促我回應，她只是分享。距離新年還剩一個禮拜。

剩下的這一個禮拜，媽媽沒有再來了。偶爾我會看到窗外有熟悉的車輛停靠，就知道她或許是默默站在門前，沒過多久便折返，就像我過去曾經無數次做過的那樣。我無法猜到她現在的心情。她是生氣、是失望、是絕望、是悲傷，還是後悔？她會擔心我嗎？會打從心底擔心我嗎？我很愛媽媽，以至於至今還不肯放棄這樣不切實際的猜測。只能繼續懷疑、繼續假設最糟糕的情況，這讓我感到痛苦。我想再一次問問她，她是否後悔當初在醫院的回答？

就這樣，一年的最後一天越來越近。人們似乎都為了迎接新年的第一道曙光而出門，我的套房外格外安靜。一整天下來我睡睡醒醒，正當我覺得睡太久而頭痛時，敲門聲將我喚醒。時間是晚上九點，我來到玄關門前，耳朵貼在門上聽著外頭的動靜。外頭確實有人，對方卻一句話也沒說。這時，門縫塞進來一張小小的明信片。

【新年到了，該喝點年糕湯。三餐別忘記吃了。】

上頭這樣寫著。就在我撿起明信片，遲疑地看著留言時，外頭傳來我痛恨卻懷念的聲音。

「我把東西放在門口，新年第一天不該餓肚子。」

接著我聽見下樓的聲音。我在門口站了好一會兒，這才解開門鎖開了門。門口放的是裝了年糕湯的保溫瓶，以及裝了各種小菜的保鮮容器。我小心翼翼地把東西拿進屋，沒有將它們放進冰箱，而是緊緊抱在懷裡，就這麼蹲在玄關痛哭。

我在那蹲到雙腳發麻，幾乎要沒有知覺。頂著紅腫的雙眼，我好不容易起身。手機突然震動了一下，我把食物收好，然後才去確認內容。

【明天我要去吃古斯米，新年快樂。】

在今年的最後一天，我收到新年的第一個祝福。

睡醒之後，我熱了媽媽送來的年糕湯吃。新年第一天早上，感覺跟平時沒什麼不同。這年糕湯滋味濃郁，與微波年糕截然不同。吃完飯後我看了看手機，一如既往地有來自摩洛哥的訊息在等著我。在已經成為去年的昨天收到的最後一個祝福，以及今年的第一封訊息，都是來自娟友姊，這讓我感到格外特別。這次她也附上了一張照片。照片裡，淡黃色的米粒淋上了可口的紅色醬汁與蔬菜。

【這是古斯米，我先吃了。】

【不怎麼好吃，很淡。】

一段沉默之後，姊姊問：

【妳要不要也來吃？】

我在腦中做了十幾次盤算與煩惱，最後又刪刪改改了上百次，才終於把訊息送出去。送出去的訊息只要收件人看過，就無法再收回了。沒過多久，那句話旁邊出現了已讀。

【好，我去。】

最小的神

1

門鈴響了。這天，秀安不出門剛好滿兩年。秀安來到門前大喊：

「請把東西放在門口就好。」

現在送來的東西八成是礦泉水。大多數的食材和生活必需品，秀安都透過網路訂購。前幾天水喝完了，所以她才買了新的水，宅配進度卻因為塵風而延宕。無奈之下，這兩天來她只能接有化學藥品味的自來水來喝。

秀安蹲在門前聽著外頭的動靜。外頭似乎沒什麼聲音，對方把東西放下就走了嗎？但她並沒有聽見放下貨品的重物落地聲。秀安起身，怯生生地握住門把，卻又有些遲疑。她不喜歡面對宅配司機，因此總是會在訂單附註上寫下「請把東西放在門口」的訊息。熟悉的宅配司機會直接把東西放了就走，但偶爾還是會遇到硬是要按門鈴的人，通常都是剛開始從事這份工作的新人，想必這次也是。秀安深呼吸並轉動門把，喀噠一聲，門鎖打開的瞬間，門鈴再次響起。秀安嚇了一跳，趕緊從門邊退了開來，並緊皺著眉大喊：

「東西放著就可以走了啦！」

門外傳來窸窣聲與一個纖細的嗓音。

「秀安，是我，美珠。」

「美珠？」

這名字好陌生。秀安認識的人當中，沒有叫做美珠的人。她不耐煩地答道：

「妳好像搞錯了，我不認識妳。」

「是妳青綠高中的同學，三年三班李美珠，妳不記得了嗎？」

啊，秀安驚呼了一聲。接著她又感到疑惑，如果外頭的李美珠真是她認識的那個人，那這個情況就更是荒謬了。

秀安所認識的李美珠，就只是高三時的同班同學，跟她並沒有太深厚的交情。她們不知道對方的聯絡方式，也不曾有過交流，當然她也沒把自己的地址告訴過對方。她甚至不記得對方的長相，對方實在沒理由突然找上門來。其實不光是美珠，任誰來找她都很奇怪。

在家足不出戶的這兩年，秀安的人際關係也蕩然無存。媽媽再婚後便跟著繼父搬離韓國，住到比較沒有懸浮微粒影響的北歐山間村落裡。因此除了宅配司機之外，不會有人來找秀安了。秀安把緊閉的門當成盾牌，絲毫不掩飾自己不耐煩的神色。

「幹嘛？」

「抱歉，突然跑來，嚇到妳了吧？沒什麼啦，就是上星期我們辦了同學會。聽大家說他們都聯絡不上妳，我有點擔心，所以就跑來了。我剛好也住附近。」

「妳怎麼知道我住這？」

「智雨跟我說的，就同學會的召集人。」

同學會，確實有收過訊息說要辦這種東西。難得有幾個認識的人跟她聯絡，但她大多都視而不見。反正就算去了，那些人也是把她晾在一邊自顧自地聊天。秀安緊閉上眼回道：

「我活得好好的，妳走吧。還是妳還有什麼事要找我？」

就算是同學會召集人，也不能隨便把別人的地址給出去吧？話說回來，自己曾經把地址告訴召集人嗎？說不定是她開始隱居在家之前，曾經把住址告訴過其他朋友。總之，人就是這樣，跟自己無關的事就這麼隨便。秀安確認三重門鎖確實鎖上，但還是不太放心，所以手也緊緊握在門把上。她的手心沁出一層薄汗，夾在門把與手掌之間。秀安再一次叫門外的人離開，而另一頭的美珠答道：

「抱歉，我不該這樣突然來拜訪，害妳這麼不知所措。那我下次再來。」

接著便是一陣腳步聲。隨著聲音逐漸遠去，劇烈跳動的心臟也逐漸平靜下來。就算美珠下次再來，秀安還是不打算見她。秀安鬆開握著門把的手，無力地癱倒在玄關。她感覺自己已經用掉一天的能量。

就在她好不容易撐起近乎癱軟無力的身子時，放在客廳的手機響起了刺耳的警報聲。螢幕不停閃爍，一段紅色的文字跳了出來。那是急性塵風警報。秀安站在原地看著窗外，原本就已白茫茫的天空，如今變得更加霧濛濛。

要來就來吧，反正我會待在屋裡不出去。

急性塵風，這是兩年前開始出現的現象，也是秀安開始足不出戶的關鍵原因，更是使人們籠罩在恐懼中的神秘災害。起初人們以為那只是遮蔽天空的懸浮微粒，但不知從何時起，那東西越來越濃，就像海上的海霧，幾乎遮蔽了視線。只不過一眨眼，灰塵便瞬間堆積。這些不知來自何方的灰塵，就像侵略地球的外星物質。支氣管炎、肺病、皮膚炎的發病指數直線上升，空氣中的灰塵濃度高到足以妨礙日常生活。在八月底至九月的颱風季節，強風便會夾雜著灰塵，造成名為塵風的奇異現象。強烈的氣流使灰塵與各種有害物質混合，如海嘯般席捲各地。

所謂的灰塵，是存在於任何地方的微小粒子。這些微小粒子會從人類肉眼難以注意的縫隙或傷口侵入人體，使人體變形、使傷口化膿。它們會從咬指甲造成的傷口入侵，使傷口發出惡臭。它們會沾附在密封的食物上，找機會散播細菌。它們會使植物枯萎，若飲用那些沒有好好過濾的水，則可能會罹患其他疾病。

塵風的形態有許多種。不同的規模會造成不同的影響，有些塵風就像席捲過某個研究所的廢棄物倉庫，帶著大量有毒的氣體前來。它們的破壞力更勝颱風，幾乎是龍捲風的等級，有許多人正面被塵風襲擊，捲走之後再也沒有回來。如果不戴防毒面具便吸入塵風，則會使氣管受損。新聞每天都會至少報導一、兩起老弱者被塵風捲入而死亡的案件。當然，塵風根本無從預防，在塵風開始的五分鐘內發送災難警報簡訊，就已經是目前的極限了，因此像秀安這樣乾脆拒絕離開家門的人也越來越多。

能自由在街上昂首闊步的日子，逐漸成了褪色的過往。秀安想起在過去，天空還不那麼霧濛濛，政府也才剛推出減少懸浮微粒措施的時期。她在大學的通識課程上，曾經聽過這樣一件事。據說有一種民間信仰相信，世上所有物品都有神的存在。看著越來越失控的現實世界，秀安在想，萬一真有灰塵之神，那祂肯定瘋得很徹底。

✦

塵風首次吹起時，秀安正逢第九次面試失利，失意地在街頭徘徊。當時只要戴上防毒面具，就還能在戶外活動。秀安呆坐在長椅上，看著白茫茫的公園，隨後便被不知從何而來的塵風捲入。當時恰巧有個叫做多肉的颱風來襲，氣象局判斷它的威力不會太強大。「多肉」這個名字取自於淨化空氣的植物，然而這個颱風不僅沒有淨化空氣，還帶來了莫大的災害。那天，這種新型災害首次造成大規模傷亡。彷彿黑夜降臨一般，公園瞬間一片漆黑。秀安爬到長椅下，蜷縮著身子，並以雙手遮著臉按住防毒面具。她的皮膚開始越來越搔癢，無法呼吸的痛苦最後讓她暈了過去。

下一次睜眼，已經是一星期後的事了。幸好防毒面具保護了她，使她的內臟並沒有受到太大的損傷。但拚命保住防毒面具的雙手，以及失去意識時颳傷的皮膚則已化膿腐爛、慘不忍睹。她的氣管與肺部功能大幅衰退，醫生建議她必須暫時療養。

療養，為了療養，就得去到空氣清淨的地方，但這根本不可能，於是秀安選擇不出門。起初她並不打算完全不出門，只是打算避開警報日，然而警報每天都響，從一星期響四次變成一天響四次。

雖然隨著用於淨化空氣的特殊防毒面具成功開發，在懸浮微粒指數較高的日子也能出門活動，但秀安依然不出門。獨自生活的時間越長，她心裡的那道牆就越高。那些細小的灰塵，從她全身的各個孔洞鑽入，在她心中植入了抗拒的念頭。比起灰塵，她更害怕人類。與人面對面、與人對話、與人交流都是遙遠且困難的事。秀安不聯絡任何人，也沒有任何人聯絡秀安。除了宅配司機之外，她不與任何人說話。她就這樣在屋裡生活了兩年。

砰。

有人用力敲了下門。徘徊在過去的秀安，瞬間回到現實。對講機跟門外同時傳來美珠的聲音，門鈴響了好幾次。那聲音著急又難受，彷彿即將有什麼大事要發生。

「秀安，真的很不好意思，我可以進去妳家待一下再走嗎？現在外面吹起急性塵風。我只會待到塵風結束，絕對不會做別的事，我保證。」

秀安咬著嘴唇思考。雖然是待在建築物裡，但大門跟水泥牆壁也無法完全阻擋灰塵。如果不啟動高性能空氣清淨機，就會被塵風裡的懸浮微粒所影響。秀安住的是老舊公寓住宅，走廊上當然不可能有那種東西。為何美珠偏偏要在今天這種日子、這個時間來找她呢？她實在感到不耐，卻又沒有勇氣將美珠趕走，畢竟忽視他人的求救也需要勇氣。秀安仔細確認對講機畫面，除了美珠以外似乎沒有別人了，門外的動靜聽起來也不像有其他人。突然，她覺得自己湊到對講機畫面上左看右看的樣子實在有些可笑。

「那個，秀安，妳有在聽嗎？我不會煩妳的，只是外面真的很危險。

我不會待太久，真的。」

秀安終究還是開了門。美珠穿著俐落的套裝，臉上戴著黑色的防毒面具，劉海之下是她大大的眼睛。她脫下防毒面具，鼻梁上有一道長長的痕跡，看起來就像傷疤。秀安低著頭說：

「塵風一停妳就走。」

雖然秀安沒有開口說她可以進門，美珠卻毫無顧忌地走進屋內。秀安沒說什麼，只是倒了杯自來水給進屋後便逕自找位置坐下的美珠。美珠笑著向她道謝，秀安則走到臥房內，隨後轉身面對美珠，開口問道：

「妳跟我又不熟，到底為什麼要這樣跑來找我？是要拉我進邪教還是想叫我買保險？我都不會聽的。」

「不是妳想的那樣。」

「不然是怎樣？」

「我只是覺得我應該要來看看妳。雖然覺得妳好像會不高興，但還是覺得要來。」

「妳會通靈喔？」

美珠搖了搖頭，兩人沒再繼續對話。美珠看著客廳地板，秀安則坐在廚房的餐桌邊，看著寬大的陽臺落地窗。外頭什麼也看不見，只剩下一片霧茫茫的景色，還有不時吹得窗戶嘎吱作響的強風。塵風正在通過，秀安想起失色的街道、想起她最後看見的荒涼風景。腐爛的皮膚逐漸痊癒，傷口成了傷疤，秀安的時間卻仍停滯在那一刻。二十分鐘後，塵風過去，美珠真的就只是坐在那，等塵風過去後便立刻離開。

美珠回去之後，秀安繼續像平時一樣上網訂購生活必需品、睡午覺、將屋子打掃乾淨，隨後啟動空氣清淨機。電視正在播報下星期的天氣，氣象播報員說，接下來一整個星期都會下塵雨。萬一淋到塵雨，整個人會像掉入泥坑，泥巴附在身上並逐漸凝固，非常容易導致發炎。秀安關上電視，這個星期無法出門了，她感到安心。

新聞一結束，電視便開始播放追思塵風罹難者的紀錄片。電視臺再度重播已經看過數十次的公車意外現場，秀安果斷關上了電視。

然而，美珠的突襲並不只那一次。

「秀安，我是美珠，我剛才淋到了塵雨，可以借一下妳家的浴室嗎？」

秀安只能愣在原地，完全無法回應。本以為上次見面就是最後一次，沒想到美珠竟如此隨便地再度找上門來。她已經連續三天突然來訪，過去兩天秀安一直沒有理會，但美珠一點也不退縮，依然天天來按她家電鈴。就繼續假裝不在家吧。秀安踮起腳尖，小心翼翼走進房間裡，用棉被把自己從頭到腳包起來。接著美珠更用力地拍著門，高聲喊著要秀安快出來開門。

「秀安！妳真的不在家嗎？我聽說妳已經很久沒有出門了。妳沒事吧？妳怎麼都不說話？秀安！妳等我一下，我馬上叫救護車，我打電話給一一九……地址在哪裡？不好意思，快來救人啊！」

一股煩躁感衝上腦門，秀安甩開棉被衝了出來，一把拉開了大門。正要拿起手機叫救護車的美珠看見秀安便露出笑容，接著又有些無力地說：

「什麼啊？我還以為妳出事了咧！」

「我哪會出什麼事？妳快走。」

「現在有很多孤獨死的人啊，因為懸浮微粒的關係，這種案例又增加了。」

秀安感覺美珠的話狠狠敲在她的腦門上。她從沒想過死亡這件事。這樣長時間待在家裡，她的結局顯然就是孤獨死。誰會來清理她的屍體？到了要死的時候，即使外頭吹著塵風，似乎還是別待在家裡比較好。死在街上之後，負責管理塵風受害狀況的管理機關公務員，想必就能掌握到她的死亡。

越過呆站在門口的秀安，美珠迅速跑進浴室，接著便是一陣水聲傳來。秀安感到荒唐，卻只能無奈地乾笑。人怎麼有辦法這麼厚臉皮？美珠高中的時候是這樣的人嗎？她開火煮茶，雙手抱胸坐在客廳裡，不知不覺浴室裡的水聲停歇。美珠洗好澡出來，帶著爽朗的笑容向秀安道謝。她的笑臉是那麼開朗明亮，還咕嘰咕嘰說起了沒什麼營養的廢話。

「我今天有一個超急的會議。那場會很重要，但突然下了塵雨，所以對方就擅自取消了會議。我差一點就到公司了，我衣服全濕，會議也沒開成。我一直在想要怎麼辦，才發現剛好我就在妳家附近。所以才想說過來這裡，順道來報答妳上次讓我躲塵風的事情。」

「報答？」

美珠莞爾一笑，從包包裡拿出了某個東西，在秀安眼前晃了晃。那是一瓶燒酒、一包泡麵和一瓶解酒液。那解酒液是個神奇的新產品，最近網路上到處都能看到廣告，據說結合了強化氣管與緩解宿醉的功能。自從幾年前灰塵肆虐以來，無論什麼產品一律加上空氣淨化、保護氣管、強化肌膚屏障等字眼成了全新的產業趨勢。秀安慌張地看著美珠，本以為她洗個澡就會離開，沒想到她將那裝著燒酒的綠色瓶子放在餐桌上，隨後低聲說道：

「我認識一個朋友，他做打鐵工作超過十年了。那工作會製造很多懸浮微粒，他說下班後他都一定會喝燒酒，這樣才能把卡在喉嚨裡的灰塵都沖乾淨。」

沒有取得秀安的同意，美珠逕自拉了張椅子坐下。秀安閉上眼，眼球焦躁地轉了一圈才重新睜眼，美珠卻泰然自若地向她招了招手，要她過去坐下。秀安握緊拳頭往廚房走去，家裡的燒酒杯只有一個，因為她總是一個人喝酒。就在她站在流理臺前，拿著燒酒杯猶豫不決時，原本呆坐在那的美珠一下子來到她身旁，恣意拿走家中唯一一個咖啡杯。

「我就用這個喝吧。」

美珠在咖啡杯裡倒入滿滿的燒酒，隨後一飲而盡。之後的記憶便越來越模糊，秀安只記得中途美珠說酒不夠喝了，她要出去買一瓶回來。還記得買酒回來的美珠敲了敲門，而她毫不猶豫地替美珠開了門。秀安扶著刺痛的頭睜開眼，發現自己躺在沙發上，而美珠則躺在床上呼呼大睡。這感覺一點都不壞，她甚至還覺得心情有些輕鬆。

隔了好久美珠才起床，慌慌張張地說上班就要遲到了。洗了個澡出來，她跟秀安借了套衣服來換。幸好，秀安家裡還留著之前找工作時穿的套裝。除此之外，她就只有可以在家裡穿的運動服跟鬆垮垮的睡衣。

「衣服我會洗乾淨拿來還妳。昨天真的很開心。」

穿上秀安的衣服，美珠邊戴上防毒面具邊說，正在收拾房間的秀安則點了點頭。這時握住門把的美珠突然回頭，笑著說：

「對了，我昨天發現妳房間的空氣清淨機好像壞了。通常都是該換濾網或引擎老舊才會無法啟動，再不然就是機型太舊。現在不是出了很多不錯的機型嗎？妳這臺用了多久啊？」

「三年左右。」

「那也差不多該換了。妳記得去看一下，我真的該走了。」

美珠離開。門喀噠關上之後，屋裡便恢復一片寂靜。秀安啟動放在客廳角落的空氣清淨機，嗡嗡的聲音響起。她蹲坐在不斷運轉的機器前，看著機器表面無數個孔洞。她用手掌去拍了下空氣清淨機的其中一面，機器動也不動，她又用力拍了一下，似乎是什麼地方塞住了。那機械音沒有加快，也沒有減緩，而是依然維持原本的節奏。

不知為何，總覺得家裡的空氣似乎沒有平時那麼舒適。美珠那句機器好像故障的提醒，一直在耳邊繚繞。難道真的像她說的，空氣清淨機完全無法正常運作了嗎？昨晚肯定累積了不少灰塵，如果機器無法運作，那灰塵會全部進到我的體內，一想到這裡就讓人不安。雖然已經先把空氣清淨機打開，但心情還是平靜不下來。秀安看著玄關，稍早美珠就是站在那裡跟她說這件事的。

她該放下不安的心情，先去查看手機的訊息了。一封訊息送到，不是宅配送達的訊息，也不是什麼認證簡訊，而是某個人傳來的訊息。訊息上方寄件人的地方，掛著美珠的名字。

【謝謝妳的衣服！多虧妳，我得救了！明天再拿去給妳。】

秀安盯著美珠的簡訊看了好久。是喝酒時交換了號碼嗎？還是美珠擅自存了她的號碼？空蕩蕩的聯絡人清單裡，這下又多了一筆資料。秀安煩惱了超過一個小時，隨後才回了一個「嗯」字。美珠很快回了一個兔子的笑臉，那隻兔子有圓滾滾的臉頰和大眼，跟美珠很像。

2

美珠想起上星期一，教育訓練時間馬室長的課程內容。

「第一場塵風來襲滿五年的那天，世界彷彿就要迎來末日，我們稱呼那叫『空氣末日』。地球上許多專家早就已經預測到這個情況，我們的商品就是為此而生。」

末日？世界末日真的會來嗎？三年前，天空變成一片灰的時候，人們也不停說著世界末日。但直到三年後的現在、直到塵風肆虐的今天，大家仍堅強地活著。世界末日不會輕易來到，沉悶無趣的人生一再反覆，每個月也依舊要為業績苦惱，唯一改變的只有業績數字持續下探。末日，那是馬室長那番話中唯一一個讓人感到荒誕的詞。

她與馬室長的相遇，是在父親的告別式上，那是一場聯合告別式。那一年，包括父親在內的十九人失蹤了三天，他們被史上第一場塵風所困，找到時已經成了焦屍。事故的起因是開往深山修練場的巴士被塵風捲走，隨後從懸崖上滾了下去，那起事件成了一個非常大、持續非常久的話題。

美珠成了孤身一人，開始賣起父親賣不了的商品。她堅持販售這些商品，終於上到翡翠階級，馬室長則是皇家鑽石階級。美珠很想前往鑽石階級的世界，但身邊的人脈都已經用完，外頭又出現其他的競爭業者，政府更開始正式插手災害相關商品的販售，使得他們營銷越來越困難。

當初參加同學會是為了找銷售目標，聽到連長相都不太記得的同學的消息時，美珠想的是找到了一個新的冤大頭。接著她立刻開始動作，反正她已經沒什麼好失去的，要嘛是升上鑽石，要嘛是繼續待在翡翠，只有這兩個結果。她照公司教的方式接近秀安，偶爾也會參考馬室長的建議，馬室長講得好像她很懂怎麼處理這種情況。

「這種獨行俠看似好對付，其實最難攻破。他們明明很孤獨，但心裡的那道牆卻高得不得了。妳得不管三七二十一地往前衝，別想太多，衝就對了，這樣才有辦法衝破她的心防。一旦衝破，接下來就不用煩惱了。一旦卸下心防，她絕對會盲目聽從妳的話。最重要的是……對方很有錢嗎？」

「聽說她母親再婚，父親死亡時領到的保險金就都給她了。」

「那很不錯嘛，妳好好表現。」

馬室長說的話一點都沒錯，她說的話從來不會錯，甚至連天氣都與她的預測完全一致。當她說今天會起塵風，就真的起了塵風。美珠偶爾會想，馬室長說不定是神，尤其每個星期一聽馬室長的教育訓練課程，她總會覺得自己被什麼非人的東西所迷惑。

進到秀安家的日子，其實也是馬室長替她決定的。果真如馬室長所說的一樣，在那個時間點起了塵風，而秀安對塵風有一些不好的印象，這讓她變得心軟，便替美珠開了門。成功入侵！美珠在心裡歡呼。秀安開門時還焦慮地咬著唇，看起來實在很可笑。突然，她有點好奇秀安是怎麼看待自己的。她是令人不快的入侵者，是破壞這平衡狀態的陌生人。

那天，美珠離開秀安家之後便去找馬室長。馬室長聽完美珠的報告便露出滿意的微笑，並且給了美珠一些溫暖的鼓勵，隨後也不忘再給她一些醒醐灌頂的忠告。

「我知道妳很努力，但美珠，妳這一季的業績太差了。很快就到下一季的季會了，妳要是登上業績不足的名單，那就得去『郊遊』了，知道吧？而這也會影響到未來的業績分配跟升遷。」

沒錯，馬室長一直都是對的。

「接下來才是最重要的。建立起信賴關係後，就得要開始販售商品，還要想辦法讓她成為永久會員。」

美珠靜靜點頭，她可不想去參加「郊遊」。石頭等級的父親加入公司之後，從來沒有擺脫過業績墊底的命運，所以才會在去「郊遊」的路上喪命。當然，這是塵風這種陌生災害的錯，但美珠卻有強烈的預感，只要坐上前往「郊遊」的巴士，那麼她也會落得同樣的命運。她已經好幾次夢到自己受困從懸崖上滾落的巴士、著火的巴士、被塵風捲走的巴士裡。

離開馬室長的辦公室，美珠一邊列印永久會員加入同意書，一邊想著跟秀安有關的事。看到她那張一無所知的天真臉孔，便會覺得內心一陣翻騰，一股不耐煩湧上心頭。她不知那感覺從何而來，唯一能確定的是，秀安似乎沒那麼好騙。美珠一邊想像秀安在同意書上蓋章的那天，一邊告訴自己，她絕對不會去「郊遊」。

✦

她無時無刻都待在秀安家，一方面是為了經營客戶，一方面也是有個人所圖。比起待在塞滿滯銷商品的考試院，秀安的公寓更舒適溫馨。即便秀安對此頗有微詞，卻總會為她泡一杯熱茶。她單純得令人擔憂，生活範圍也小得不可思議。秀安的生活存在著某種固定的規律，例如星期一晚上訂購礦泉水、星期二清理空氣清淨機的濾心之類的。這讓美珠覺得很有觀察的樂趣。看在美珠眼裡，秀安就像在小小的籠子裡，驕傲地不斷踩著輪子的倉鼠。當然，她也聽從馬室長的建議，努力推銷自家的產品。

「我們的空氣清淨機真的很棒。雖然設計跟名字有點遜，但這種產品最看重的還是功能吧？這上頭裝了德國研發的特殊濾網，是韓國唯一使用這款濾網的產品，只有我們在用而已。對了，妳家要不要種點植物？最近淨化空氣的植物有在特價喔。我們在北歐那邊有專門的農場，我可以幫妳用員工折扣買。」

美珠如此用心推銷的空氣清淨機，又名「灰塵之神」，土到讓人不敢相信是馬室長取的。其實這款產品不過只是老古董拼裝機，實在不足以稱為空氣清淨機，更別說什麼神了。只有在懸浮微粒量剛開始增加的時期還堪用，但隨著越來越多大企業推出新產品，灰塵之神也遭到淘汰。即便是過時的產品，售價卻是一直跟著物價上漲，幾乎能比擬最新型商品。因此如果想賣出這種東西，那可就要有迷惑人心的口才，再不然就是買方必須無條件相信賣方。

一聽見秀安詢問是否有推薦不錯的空氣清淨機，美珠便迫不及待地搬出她的營業話術。打著個人見解的美名，她精心準備的話術讓秀安聽得點頭如搗蒜。秀安可憐、愚蠢卻又善良，即使不是被她騙，想必也會上其他人的當。美珠將手上的購物袋交給秀安，並對她說：

「打開來看看。」

「這是衣服吧？」

這是下塵雨那天，美珠跟秀安借來穿的套裝。忙於許多事情，讓美珠一直到現在才把衣服拿來還。除了衣服之外，裡頭還放了兩罐保健食品。想到要這麼做的人不是馬室長，而是美珠自己。其實美珠也只有這些，為了維持生計已經讓她很吃力，她實在沒有多餘的錢去準備禮物。秀安接過那個袋子，探頭往裡面一看，拿出了兩罐有巴掌那麼大的保健食品。沒給秀安思考的時間，美珠隨即用做人情給她的口吻說：

「這是送妳的禮物。這東西原本有點貴，但剛好我手邊有多的，就想說拿來送妳。這是保健食品，可以減輕因為懸浮微粒造成的氣管疲勞。銷路很好，每個月都會賣光光喔。」

秀安瞪大了眼睛，緊盯著手上的保健食品。美珠莫名有些焦躁。她只是依照馬室長的建議去做，為何會產生這種心情？這意外的禮物，讓秀安有一點點感動。這些年來她都是一個人，別說是禮物了，甚至沒得到過他人的關心，而如今美珠是秀安生活中唯一的外人。美珠很好奇，秀安究竟在想些什麼？是很感謝？還是感到不知所措？或是覺得有些壓力？還是……覺得有些可疑？美珠輕易刪去了最後一個推測。不可能，而且即使她起了疑心那也無妨，如果秀安趕她，那她離開就是了。

「謝謝，我會按時吃的。」

沉默了許久，秀安才有些不好意思地向美珠道謝，接著在美珠拿出來的訂購單上簽名。

「在紙上簽名就可以了嗎？」

「對。」

美珠裝作不在乎地看著秀安簽名。剛才還支配她整個身體的緊張，瞬間一掃而空。她想起還放在包包裡的永久會員加入同意書，相信很快就能迎來秀安在同意書上，如行雲流水般簽下名字的時刻。拉到一個永久會員的業績，會比賣出一般商品要高三倍，這樣她這一季就得以避免去「郊遊」的命運，然後會再獲得幾個月的機會。至今這樣的行為她已經做過幾十次，只是不知為何，這次她的心情有些難以言喻，就跟她這輩子第一次讓人按手印的那天一樣。

美珠招募的第一個永久會員，是住在高級療養院的六十多歲老人。那間療養院的住院費，一個月就要好幾百萬元。美珠假裝是教會青年部的成員接近那個老人，並將他的存款掏空。老人花光了所有的積蓄，跑去依靠脾氣不太隨和的兒子，之後便再也沒了消息。不久前，美珠收到老人的訃聞。他遭遇塵風意外，美珠卻沒有去弔唁，因為她覺得自己沒有資格去參加告別式。她為何突然想起那個老人？就好像某天突然出現的塵風一樣，她總覺得接下來似乎會有什麼突發狀況。而整件事情唯一可能的變數，就只有此刻在她眼前的這條懶蟲。

秀安太過輕易上鉤，讓美珠感到很失望，進而感到不安。她騙過這麼多人，卻是第一次遇上這樣的人。在輕鬆自在與罪惡感之間，有一種無以名狀的怪異。

「都填好了，要怎麼付錢？」

秀安遞出訂購單一邊詢問。接過訂購單的那一刻，美珠的手機響起，是馬室長打來的。她取得秀安的諒解，便趕緊進到浴室。電話一接起來，馬室長劈頭就是一陣嘮叨。

「美珠，妳已經成功推銷那個一天到晚待在家的朋友了吧？現在是不是差不多可以讓她簽合約了？」

「不，還沒，她還沒有完全相信我。但反正她也不太跟別人見面，讓她加入會員對公司也沒有幫……」

「妳又不是不知道公司的狀況，怎麼還像個新人一樣說這種話？沒時間了，就快要開季度會議了，妳知道的吧？」

「對不起。」

「妳不需要向我道歉，只是妳的業績就是那樣。趕快讓妳朋友簽約吧！今天早上業績圖表出來了……所以我才會打電話給妳。我就說到這了，是為了讓妳再加點油，我才會先打電話跟妳說，妳不要太傷心。去『郊遊』

的人員已經差不多決定好了。」

站在浴室裡，美珠點了點頭。其實「郊遊」本身沒什麼，就是個為期三天兩夜，無聊到不行的研修與教育課程而已。但公司內部卻把這個活動當成一種篩人機制，用來區分還有潛力的員工、再也沒得指望的員工。可能是因為這樣，公司內部有不少跟「郊遊」有關的可怕傳聞。例如在修練場看到幽靈、有人失蹤、去程跟回程時的人數不一樣等等，各種怪談在公司裡流傳。至於「郊遊」回來的人，有超過三分之一最後會去跟私貸業者、地下錢莊借錢的傳聞，則絕對不是空穴來風的怪談。

「馬上就要去『郊遊』了，記住，美珠。」

「我知道了，馬室長。」

掛上電話走出浴室，秀安一言不發地看著窗外。美珠將秀安填好的訂購單折起收進包包裡，背對著她的秀安在這時開口。

「為什麼空氣清淨機的名字叫灰塵之神啊？」

美珠想也不想便回：

「因為很會吸灰塵吧。」

「這樣好怪。應該要叫淨化之神、清淨之神、清掃之神會比較好吧？叫做灰塵之神，那灰塵好像就變成最重要的部分了。感覺不是要清除灰塵，而是讓灰塵變成主角。就好像烤肉店的烤盤上，畫了一隻豬的笑臉一樣奇怪。」

「聽妳這麼一說，好像真的是這樣耶。」

秀安這番話莫名有道理，不過美珠只是覺得這番話很好笑，也因此笑個不停。雖然才剛結束跟馬室長的通話，她卻覺得那通電話是好久、好久以前的事了。郊遊、業績，真希望空氣清淨機也能把這些東西過濾掉。世上為何有這麼多篩選人的系統，卻沒有能篩掉擔憂因子的機制？我為何總是被篩掉的那一邊？為何無法任意將我不想要的東西篩掉？思考這些問題的同時，美珠也在想，真的好怪，空氣清淨機的名字為何叫灰塵之神？

3

美珠幾乎每天都來。她說她需要結交好鄰居，因此下班後總是不回自己家，而是先到秀安家。而秀安也開始習慣美珠的到訪，兩人會一起看電視一邊談天說笑，也會叫外送、一起上網購物打發時間。她們過得就像平凡的朋友。一天，兩人之間有了這樣的對話，起頭的人是美珠。

「我一直在想不知道該不該問……妳為什麼不出門？」

秀安回答：

「因為我會怕，怕那些灰塵。」

這是騙人的。可怕的東西不是灰塵，而是人。但那些人之中，也包括美珠嗎？

「原來如此。也對，妳家這麼舒服，換成是我也會不想出門。」

說完，美珠又低聲補上一句：如果我也寬裕到能夠讓自己這樣窩在家裡，那肯定很棒。秀安沒有回應美珠的話，而是低頭吃著杯麵。美珠喝了口茶，空氣清淨機運作的聲音充斥在兩人之間。就在秀安要把麵吃完時，美珠突然高聲問道：

「那我可以繼續來嗎？」

「什麼？」

「如果妳討厭出門，那我就像現在這樣繼續來找妳，那不就行了嗎？」

說出這句話的美珠，臉上的表情莫名有些悲傷，讓秀安實在無法回答。你們公司不是傳銷公司嗎？妳是想來騙我錢的吧？成功拉攏我成為會員，妳就會離開了吧？妳會像把倉鼠丟進下水道一樣，丟下我一走了之吧？這一類的話，秀安實在說不出口。

從填寫「灰塵之神」的訂購單時，秀安便開始懷疑美珠的意圖。她簽了名，卻覺得訂購單上那間公司的名字有點眼熟。塵埃股份有限公司，一間主打空氣清淨產品的公司取這個名字，實在有些諷刺。「灰塵之神」這個產品、公司的名字，都讓人覺得他們的重點是擺在灰塵，而不是空氣清淨。

最奇怪的部分就是美珠的口氣。她說話的口氣一直都很自然，就像漂在海面上隨波逐流的海藻一樣輕盈。可唯有在提到公司產品時，變得像厚實的肉乾那樣，既粗糙又生硬。她肯定覺得自己的表現很自然，可是在介紹商品時，美珠會微微皺眉，也會做出一些虛偽的手勢。許久沒有與人面對面的秀安，面對陌生的入侵者，會相當執著地觀察每一個細節，也是因為這份執拗，使她得以察覺箇中差異。

對美珠來說，秀安或許只是數十、數百分之一的推銷對象。但對秀安來說，美珠是填滿她世界的「一」。

其實打從一開始，美珠的造訪便十分可疑。即便秀安兩年來足不出戶，但並不表示她已經與現實脫節。她獨自在網路世界徘徊，接觸到各式各樣的知識、聽說許多謠言，也因此她的警戒心非常高。她之所以不阻止美珠天天來訪，其實是因為孤單，即使她並不願意承認。即便美珠的來訪是為了自己的利益，她也不在乎。

有人來找自己，讓她感覺很好。反正這些錢不花在這，也會拿去買其他沒用的商品。秀安把填寫訂購單這件事，當作是在幫助有困難的人，反正空氣清淨機跟保健食品都是好東西。美珠不知道秀安早就知道一切但還是選擇簽名，因此不時會露出帶有罪惡感的神情。如果說秀安很喜歡看到這樣的表情，那會是一種低級趣味嗎？

「我填好了。要怎麼付款？」

詢問付款方式的時候，美珠的電話響了。秀安注意到美珠手機螢幕上顯示的來電名稱——馬室長。美珠帶著焦慮的神情，拿著手機往浴室走去，秀安則乘勢去翻美珠的包包。那邊邊角角都已經磨損的皮革包裡，裝著各式各樣的物品。其中，一個黃色的信封吸引了秀安的注意。她打開來看了裡面的東西，那是張上頭寫著「永久會員加入同意書」的紙。秀安很清楚這代表什麼意思，她拿著那張紙的指尖微微有些用力。

「我知道了，馬室長。」

浴室裡傳來說話聲。秀安一邊注意著浴室的動靜，一邊掃過整份文件的內容，隨後將文件放回包包裡，並將包包放回原來的位置。

親眼確認事實真相如她所推測之後，她的心情並不太好，但她並不打算抓著美珠追根究柢。她沒有那樣的能力，也沒有那樣的勇氣。只要美珠能像現在這樣偶爾來找她，那這些東西要買多少都可以。只要不簽下美珠未來可能會拿給她的那份文件，應該就沒事了。美珠拿出永久會員加入同意書的那天，就是這模糊關係結束的日子。馬室長應該是她傳銷公司的上司。秀安盯著那張稍早才簽了名的訂購單，灰塵之神，灰塵之神。不管怎麼看，都覺得這名字實在很怪。

「灰塵之神。」

秀安唸出聲來。太陽之神、天空之神，細數所有神的名字，灰塵之神依然是前所未聞，其實打從一開始也不可能有這種神存在。這名字既沒有格調又可笑。浴室的門打開，美珠走了出來。秀安面對美珠，裝作毫不知情。美珠笑得非常難為情，她說公司突然打電話給她……秀安說沒關係，她真的不在意。

後來的情況也沒什麼改變。美珠依然故作親近不斷糾纏，且不時會用做作的口吻推薦公司的產品，而秀安則會配合訂購，甚至還會定期購買部分商品。每一次秀安二話不說填寫訂購單時，美珠總會露出難以言喻的神情。那看起來像是高興，似乎又有些生氣。但秀安也沒有勇氣主動說些什麼，因此只能這樣日復一日。

秀安總是習慣性吃保健食品。即使每天都吃，健康狀況卻沒有改善或發生任何改變。但在美珠的建議下，她依然繼續服用，因為這樣秀安才能繼續訂購保健食品。

一天，秀安上網搜尋美珠公司的名字。除了幾篇在公司委託之下所寫的空氣淨化產品推薦報導外，其他搜尋結果大多都是傳銷受害心得文。這也讓秀安明白，為何她會覺得這公司名稱很眼熟，因為兩年前的郊遊巴士失蹤意外，主角就是這間公司。當時媒體大肆報導了好長一段時間，也難怪她會覺得很熟悉。

又有一天，她去查看美珠公司網站的介紹。美珠說曾經擔任公司形象宣傳大使的事似乎是真的，只見她的臉在濾鏡的加持下明亮白皙，面帶開朗的微笑，脖子上還掛著公司識別證。看在不知情的人眼裡，肯定會以為這就只是間普通的公司。

「公司就是公司。」

大部分的成年人都會上班或上課，什麼都不做的人就只有她。秀安突然感到心情低落，便關上了手機螢幕。該去睡午覺了。她拉上棉被，卻怎麼也睡不著。放在床頭櫃上的手機，像磁鐵一樣吸引著她。於是她再度拿起手機，登入已經停用許久的社群帳號，找到了美珠。

美珠的「好友」有兩千四百九十八人，每一篇文章都有幾十個留言。照片裡的她總是面帶笑容，跟和她有著類似笑容的人相處在一起。偶爾她會上傳別人送的禮物，偶爾則會寫下她在公司高升的事情。越是翻看美珠的訊息，秀安就越想逃避，可是她已經在逃避現實了，如今已無處可逃。

入睡之前，她突然在想，萬一某天美珠不來了，那該怎麼辦？她猛然坐起身來，看著自己靜謐的房間。一股莫名的恐懼襲擊了她，空氣清淨機運作的聲音雜亂地嗡嗡作響。

新訂購的灰塵之神很吵。睡前啟動後躺上床，會覺得頭也跟著嗡嗡作響。在這運作聲之中，還夾雜了其他的機械震動聲。只見手機螢幕亮了一下，應該是美珠吧。秀安趕緊查看訊息，內容會是什麼？會是說她今天要過來嗎？還是一些沒有意義的閒聊？內容是什麼都無所謂，美珠傳訊息來這件事才是最重要的。看完內容之後，秀安皺起了眉頭，那是她沒看過的號碼。

【秀安，我是智友，妳跟美珠有在聯絡嗎？沒有是最好，有的話，我勸妳離她遠一點。她在做傳銷。她來參加同學會，騙了幾個人之後就搞消失了。妳也要小心。】

查看簡訊時，手機突然震動了起來，災難警報簡訊蓋過了智友的訊息，附近起塵風的警示音隨之響起。秀安繼續查看這個名叫智友的人傳來的訊息，內容跟她剛才看到的一樣，她並沒有看錯。她瞪著手機螢幕，完全想不起來智友究竟是誰。這名字很常見，而且她也無法記得每一個高中同學的名字，說不定對方根本不是她的同學。是不是同學一點都不重要，對秀安來說這則訊息根本什麼也不是。對方平時根本不記得自己，只是為了減輕罪惡感而隨手傳了一封這樣的警告訊息，對秀安來說根本什麼也不是。相較之下，為了騙錢而每天上門來的美珠才更重要。秀安面無表情地回覆。

【我知道，妳別管。】

4

近來美珠經常想起秀安。她在屬於自己的樂園裡，過著悠閒平靜的每一天。秀安總是在那裡、總是在自己的樂園裡。就算世界末日來臨，秀安可能也會平淡地說一聲：「啊，世界末日來啦。」大多時候，美珠都對秀安很失望，但偶爾會覺得她可愛。秀安買很多產品，多虧於此，她得以補足不夠的業績。起初還有些猶豫，現在只要美珠隨口一提，她便會自動訂購那些商品。

現在只剩下最後一步了，勸她加入永久會員，讓秀安套上這個必須達到固定業績的枷鎖。配額與業績的壓迫就是腳鐐，將會使她動彈不得。加入會員之後，她必須每個月回報給公司定量的收益，若未達目標，就有近乎脅迫的壓力在等著自己。與流氓無異的管理階層，會搬出驚人的違約金威脅說要提告，馬室長則會用溫柔的安慰騙人去借錢。與此同時，公司也以不同的名字，經營許多間私人借貸公司與地下錢莊。真是個老套的故事。

依照原本的計畫，她早就該讓秀安簽名入會了，只是她始終無法將文件拿到秀安面前。像秀安這樣足不出戶的人，當然不可能去找人推銷商品。美珠很清楚，賣不出商品的永久會員將落得無比悽慘的下場，就例如她父親。在拋光廠從事削鐵工作超過十年的爸爸，跟推銷可說完全沾不上邊，直到死前都無法擺脫石頭階級。他最後是什麼下場？秀安的未來、自己的未來，都與父親的死重疊在一塊。

她有好幾次讓秀安簽下同意書的機會。秀安肯定會想也不想、毫不懷疑地，像平時一樣直接簽名。然而，她為何無法在秀安面前拿出同意書？原因有些模糊，她似乎知道，卻又說不清楚。她唯一能確定的，是當初那股微妙的怪異感，如今已經遍布全身。在秀安面前假裝沒有任何惡意的笑，已經讓她逐漸感到疲憊。而馬室長，那個像神一樣的馬室長彷彿已洞悉了一切。

「美珠，妳最近很奇怪。業績這種東西本來就是起起伏伏，這也是沒辦法的。不過妳還沒讓那個朋友加入會員吧？到底是不讓她加入，還是沒辦法讓她加入？妳有拿同意書給她嗎？」

「我是覺得她不適合這一行。」

「什麼不適合這一行？美珠，我覺得妳有點好笑。其他的我是不清楚啦，但總之『郊遊』妳是非去不可了，妳要記清楚。」

美珠默默點頭，她無話可說。馬室長這番話，跟這段時間業績飛速成長的後輩說的一模一樣。她趕緊四處聯繫找其他目標，也試著參與各種聚會，但或許是消息已經傳開了，作業起來並不容易。而在這段期間，公司也出了業績報表，自己的名字是從下面數來第三名。美珠盯著那個名字，跟從下面數來第四名只差了一個會員的距離。她想到那張沒能拿給秀安的同意書，不停咬著嘴唇。恰好這時手機響了，是秀安傳來的訊息。

【何時來？】

這時，她才想起已經決定要暫住在秀安家的事。這是秀安先開口的，她一直都是這樣，照著美珠的提議去做，從來沒有任何疑問，也會聽美珠抱怨一些無趣的事。美珠的心跳得很快，她覺得有什麼東西不太對勁，或者是說她似乎做錯了什麼。她沒有回覆訊息，而是直接關上螢幕。

那天，美珠在考試院黑暗的房間裡想，去讓秀安簽同意書吧。不過就是個簽名，她至今已做過很多次。她就這樣反覆拿起又放下手機。她打開訊息視窗，在輸入訊息的欄位刪刪寫寫，卻怎麼也無法將訊息送出。

為什麼？因為能夠輕易想像秀安的未來嗎？還是因為不想看到秀安變得跟爸爸一樣？那麼，不久前死去的老人呢？至今自己已親手摧毀了許多人，那些人又算是什麼呢？不管怎麼想，她都想不出一個答案。

外頭似乎正在起塵風，考試院巴掌大的窗戶嘎吱作響。警報聲與令人生厭的災難警報簡訊通知同時響起。美珠從包包裡拿出她打算拿給秀安的永久會員加入同意書，好好讀了她跟父親不假思索，或者該說是別無他法之下所簽的，並且即將把秀安拖入泥淖的那些內容。其中到處是困難的字句，那些一眼無法看懂的文章看起來極具威脅性。美珠用力把加入同意書撕成碎片。

郊遊參加者名單公布，美珠當然名列其中。美珠一直很在意早上沒有回覆秀安簡訊這件事。不知發生什麼事，秀安連打了幾通電話來，但她都沒有接，她想暫時跟秀安保持距離。季度會議一結束，馬室長便跟郊遊參與者介紹行程。

「大家都能參加吧？不能出席的人，下個月的業績配額和升遷都會附加額外的懲罰，希望大家都能做出明智的選擇。記得，星期三早上十點，公司前面集合。」

獲選參加郊遊的人，全都是一副殘兵敗將的樣子。人們三三兩兩地擠在禁菸區閒聊的聲音，傳進了美珠耳裡。一名聲音有些粗的男子，絲毫不在意禁菸的標誌，一邊抽著菸一邊說為了達到這個月的業績，他去借了高利貸。

「妳有聽說過嗎？郊遊的怪談。聽說每次回來的時候人都會變少。去年跟我同期進公司的人去了郊遊，他說真的少了一個人。但奇怪的是，都沒人記得那個不見的人是誰。聽說每次都會這樣！有人還開玩笑說，肯定是馬室長把業績最差的人殺掉拿去獻祭給惡魔了。很好笑吧？又不是國中生，居然有這種謠言……總之，這次去看看就知道了。比起怪談，我更擔心我的債。」

美珠不理會這個來跟她裝熟的人，逕自離開現場。回到考試院之後，她用赴死的心情打包行李。吃下保健食品之後，她依舊忽視秀安的聯繫，直接倒頭就睡。凌晨時分，可能要起塵風的警報簡訊傳來，馬室長的簡訊也同時送達。

【大家都收到警報簡訊了吧？不用擔心，塵風會在早上十點之前結束，大家都務必要出席。】

馬室長怎麼會這樣無所不知？美珠不耐煩地將馬室長的名片從皮包裡拿出來丟掉。名片在空中飄了一下，隨後掉在地上。秀安也傳了封問候美珠安好的訊息，美珠幾次試著回覆，最後依然沒能傳出任何一封訊息。

5

【何時來？】

美珠回覆訊息的速度一直都很快，這次卻過了三十分鐘還沒有回應。秀安緊盯著玄關門，鞋櫃旁邊是美珠帶來的空氣淨化植物，長長的葉子向下垂落。家中到處都是美珠公司的產品。那天，美珠並沒有來。智友訊息中最後一句話，一直在秀安腦海中盤旋。騙了幾個人之後就搞消失。

起初她很生氣。她幫美珠買了多少產品，美珠竟然這樣說消失就消失？她氣得不得了，很想揪住美珠的領子狠狠賞她幾個巴掌。好幾次她都想傳一封滿是髒話的簡訊洩憤，最終仍然作罷。

後來她開始害怕，開始產生有人按門鈴的幻聽。災難警報響了一整晚，即使待在安全的屋內，仍然像是立刻就要送命，而且還是非常孤獨的死亡。恐懼令秀安忍不住咬起指甲，打從一開始她就不該讓美珠進門。當時應該乾脆讓她被塵風捲走，或讓她自己去找其他的避難所。她用棉被把自己包住，嘴裡不停咒罵美珠，眼睛卻緊盯著大門。沒人來找她。

隔天、再隔天也還是一樣。美珠的手機持續關機，秀安則會整天查看手機好幾次。理性要她別再去管美珠的事，反正她早就知道美珠是傳銷公司的人了，說不定現在她對美珠來說已經不再有用。但不安卻難以平息。塵風警報、斷了聯繫的美珠，會不會出了什麼事呢？萬一美珠不是不跟她聯絡，而是無法跟她聯絡呢？每個星期都能看到一、兩則被塵風吹壞的招牌或電線，造成行人二次傷害或失蹤的消息，這是很常見的情況。美珠會不會被塵風捲走，倒臥在某個不知名的地方？一想到這裡，秀安的不安便不受控制。

她以顫抖的手撥打一一二報案電話，連珠炮似地向電話那頭極度厭世的聲音說明她的狀況。

「嗯，妳是說妳的朋友這兩天都沒跟妳聯絡嗎？妳們是不是吵架了？警察局不是讓小孩惡作劇的地方，妳都是有一定年紀的成年人了，怎麼能拿這種小事來報案？妳去朋友家看過了嗎？我們沒有接獲任何來自家屬的報案。」

「失蹤……我要報失蹤，我要報案。」

「成人是無法做失蹤申報的，只能申報離家出走而已……我們會查一下妳朋友住在哪裡，然後再跟妳聯絡。到時就麻煩妳拿著身分證來局裡。」

「什麼？」

「我說我們確認過後會跟妳聯絡，到時請妳直接來局裡。」

見秀安沒有回應，對方便嘆了口氣，隨後掛上電話。秀安呆看著響起通話中止音的手機。萬一警察真的聯絡她，那她就得離開家了。她出得了門嗎？秀安一邊咬著指甲，一邊在房裡來回踱步。

如果要出去，那要去哪才好？先去警察局，然後……就必須等著嗎？美珠的家在哪裡？記得她是說在這附近。警察局什麼時候會聯絡？在那之前美珠會平安無事嗎？這樣會不會來不及？

秀安的心跳十分劇烈。她緊咬著牙，手幾次搭上門把又放開。如果就這樣把美珠忘了，那她現在就不用出門了。她不需要煩惱，也不會再有人上門。秀安想像自己一人閉著眼，躺在空無一人的屋內的模樣。總之，她不是擔心傳銷公司員工才出門，是因為怕自己會孤獨死而出門。她一再提醒自己。這時，手機響了，秀安趕緊確認訊息。

【真抱歉。】

是美珠傳來的。真抱歉。瞬間，她的腦中一片空白。抱歉什麼？如果要說這種話，那就應該當面說。可笑的是，憤怒與擔憂不受控制地糾纏在一起。即使美珠厚著臉皮來到她面前，說手機故障了才會好幾天沒聯繫，隨後把永久會員加入同意書拿出來，她說不定還不會這麼生氣。她感覺自己像跌入一個泥坑。秀安使力握緊了門把，喀噠，門鎖開啟的聲音傳來，外頭的冰冷空氣碰觸到她的臉龐，她深吸了口氣，心臟彷彿就要衝破胸膛。

寧靜的走廊在迎接她。她透過欄杆旁的窗戶，俯瞰籠罩在濃霧之中，幾近灰色的城市景象。她大口吐出剛才吸入肺中的空氣，轉身看著她稍早離開的屋子。什麼事都沒有發生，令她覺得有些不踏實。她沒有呼吸困難、沒有頭痛，更沒有想吐。秀安握緊拳頭，再往前跨了一步。接著她跑下樓梯，口袋裡劇烈的震動，伴隨著宛如諭示末日的警報聲。

「緊急、緊急狀況，超大型塵風五號生成。在街上的市民請盡速至室內避難。若無法立即進入室內，請依照以下指示前往臨時避難所……」

秀安如無頭蒼蠅般在街頭穿梭。

6

上午九點，美珠早早便提著行李箱出門。如馬室長所說，塵風果真在十點之前停了。公司門口，要去郊遊的員工正在集合。接駁巴士抵達，人們魚貫上車。大家的表情看起來不像要去郊遊，反倒像是坐上靈車。美珠的表情也差不多。先上車的馬室長，發送歡迎養樂多給每一個上車的人。

「美珠，很高興看到妳來。既然都這樣了，就把這當成一次機會吧。」

美珠坐在馬室長旁邊。巴士出發之前，馬室長將喝了一半的養樂多舉高，一派輕鬆地高喊：

「敬安全且愉快的郊遊！」

所有人一起將養樂多一飲而盡。美珠沒有喝，而是將養樂多放進包包裡。坐回位置上，馬室長問美珠：

「妳不喝嗎？」

「我沒胃口。」

「那就更應該要喝了。如果這次郊遊不安全也不愉快，那美珠妳要負責喔。」

馬室長的目光冷峻。雖知道這番話根本沒道理，美珠仍然不想起衝突，於是她拿出包包裡的養樂多一飲而盡。她覺得胃在翻騰。給秀安的訊息一直沒發出去，讓她非常掛心。美珠拿出手機，傳了三個字出去，就像在寫遺書一樣。

【真抱歉。】

她沒寫是為何抱歉，也許是對令秀安感到不快的每個部分說抱歉。以後她不會再跟秀安見面了，她們太親近對彼此都沒有好處，既然會在意，那盡快整理掉才是上策。美珠關掉手機閉上眼。訊息傳出去之後，感覺心情輕鬆許多，但奇怪的是，她也同時覺得有些苦澀。

巴士開了很久，一路上都十分平緩。就在美珠覺得巴士一直在同個地方打轉時，她因為難以抵擋如潮水般湧來的睏意而沉沉睡去。馬室長出現在夢中，場景是每星期一進行教育訓練，令人無比厭煩的教室。馬室長以入迷的表情，說著一些美珠聽不懂的話。

「空氣末日至今兩年，現在就要邁入最終階段了。我們需要更強大的塵風，例如讓大海都被灰塵籠罩，使生物無法生存。或是讓天空被遮蔽，人們再也看不到太陽等等，要進入最直接的末日階段。」

馬室長瞇著眼，與此同時，夢中的美珠也跟著瞇起眼來。這畢竟是夢，身體不受使喚很正常，美珠卻覺得身體似乎已經不屬於自己。馬室長清了清喉嚨，接著突然換上另一個表情。她的嘴角大大揚起，咧著嘴笑了起來。這樣的改變太過劇烈，令美珠感到一陣怪異。馬室長的聲音在她的腦中嗡嗡作響。

「各位將會成為進入該階段的祭品，很榮幸吧？很想知道是要獻給誰的祭品吧？我會告訴各位答案的。各位是寶貴的祭品，這點問題我很願意回答。是要獻給灰塵之神的祭品。這是我們所販售的頂級商品——空氣清淨機的名字，也是災難之神。看看外頭吧。太陽、月亮、大海、土壤，全都被懸浮微粒所覆蓋，什麼也看不見，對吧？人類所能看見的只有灰塵，所能相信的只有灰塵，所能埋怨的更只剩下灰塵，只有灰塵才是真實的。陽光、水與土壤的時代將過去，灰塵的時代就要來臨。這是人類所召喚的神，而我是接受神諭的代理人。」

這是什麼鬼話？

美珠咳了幾聲並睜開眼，發現自己雙手雙腳都被綁住，整個人動彈不得。巴士呢？一起上車的員工去哪了？她用盡所有的力氣環繞四周，發現馬室長就在一旁對著她笑。

「他們會舒舒服服地被燒成灰。而美珠，妳是被選中的人。」

「馬室長，這是什麼……」

「妳沒聽到訊息嗎？這是召喚末日的祭典。現在已經進入最後階段了，末日就要來了。」

「最後階段？」

「妳還記得塵風是從什麼時候開始的嗎？是兩年前。而懸浮微粒覆蓋天空，則是從一年前開始的。還記得當時的巴士意外吧？妳當然不可能忘記，因為妳父親就是在那場意外中去世的。」

馬室長的眉毛一垂，露出看似悲傷的神情，只是她看起來一點都不悲傷。美珠的四肢用力掙扎，卻因為被綁得太緊，反而加深自己的傷口。

「多虧了他們才有塵風，這個世界也更加荒蕪了。父女都成了祭品，真是溫馨。但反正祭品的選擇，完全是以業績來決定的，所以要是妳讓那個宅女簽名，也不會落得這個下場。這應該也可以說是命運吧？」

馬室長一派輕鬆地說道。美珠這才終於意識到現在不是在做夢，於是開始掙扎尖叫。她感覺自己就像闖入B級靈異片的拍攝現場，連馬室長那與平時截然不同、無比恍惚矇矓的雙眼，看起來也都像在演戲。

「妳、妳想做什麼？妳是不是瘋了啊？祭品？神？末日？那是什麼？這裡不是單純的傳銷公司嗎？」

「當然不只是單純的傳銷公司，是擁有神的恩寵的特別傳銷公司啊。」

美珠拚命咒罵面帶詭異笑容的馬室長，不斷叫著救命，叫到聲音都啞了。美珠的呼喊聲在寬廣的地下空間不斷迴盪，最後回到她自己耳裡，沒有人會來救她。仔細想想，她展現給別人看的東西都是假的，當然不可能會有人來救她。就算她死了，也不會有人替她難過。她突然失去求生的慾望，也不想浪費力氣再去咒罵馬室長。她用沙啞的聲音對馬室長說：

「妳為何期待末日來臨？」

「這是因為……」

馬室長一副理所當然地回答。

「我成了灰塵之神跟災難之神，現在我是末日之神，這樣聽起來帥氣多了。」

「帥氣？」

「我做為神卻從未被人崇拜，一介人類哪裡會懂？人們眼中的神，只有太陽神、天空神、大地神、水神。但如今我不再是灰塵之神，而是末日之神了，所有人類都會害怕我、崇拜我，讓我變成這樣的就是人類！」

馬室長皺著眉頭，似乎是在表達自己的委屈，語氣聽起來就像孩子在說媽媽對待弟弟跟自己的態度不同，控訴大人有差別待遇一樣。她給人的感覺，和稍早截然不同，宛如成了另一個人。

「這是我神的觀點。我也說過了，我只是代理人，我們是為了彼此的利益才立下契約。至於我嘛，是希望我們的產品能賣得更好一點。尤其是健康食品，業績實在太差了。」

健康食品，只不過是區區的健康食品！我明明就賣了很多，而那東西之所以賣不好，不就是因為沒有用嗎?!美珠委屈地咬著嘴唇。無論是希望過得更有模有樣，而渴望召喚末日的灰塵之神，還是想多賣點沒用的健康食品，跟不知是神還是惡魔的傢伙簽訂契約的馬室長，雙方都很不正常。說不定馬室長根本就是個瘋子。

「這個階段，我們需要流血的祭品。剩下的人呢，我現在正在準備火刑。但不用擔心，在他們被燒成灰之前不會感到任何痛苦。妳也是一樣，我會把妳的心臟挖出來，但妳不會痛。我不喜歡給人無謂的痛苦，這些都是必要的過程。」

馬室長笑了笑，走到美珠身旁，用修長的手指掐住她的脖子。壓迫感令美珠的呼吸變得急促，她閉上眼睛，似乎是沒指望了，就要這樣結束了，在末日來臨之前，自己的人生就要結束了。她閉著眼睛，用如磨鐵聲一般粗糙的聲音，絕望地對馬室長說：

「如果我要死了，如果我得成為妳的祭品，那妳就幫我實現最後一個願望吧。我連心臟都給妳了，這點小事應該能幫忙吧？用我的手機，傳一封訊息給我最後一個客人秀安。我已經傳了一次，但實在太短了。告訴她：『抱歉，我騙了妳。妳大多時候都很讓人失望，但偶爾還是很可愛，相信妳一定能好好活下去。』」

「不要。末日之神不會聽從這種窩囊的請求。」

「幹。」

真是無情。馬室長似乎又靠近了一步。美珠閉著眼，繃緊了全身。她聽見某人奔跑的腳步聲從遠方快速靠近，接著是啪一聲某種鈍器的打擊聲，接著她聽見有人倒下的聲音，隨後是一陣喘氣聲，那粗喘聲聽起來不知為何軟綿綿的。在美珠所認識的人當中，能給人這種感覺的人就只有一個，可是那個人不可能在這裡。美珠睜開了眼。

「秀安？」

7

秀安用顫抖的雙手將捆住美珠手腳的繩子鬆開。她一句話也沒說，而美珠一張嘴只是開開合合的，同樣也說不出任何一句話。美珠的神色明顯十分慌張，秀安也不遑多讓。

她在起塵風之前好不容易到了美珠的公司，但那裡大門深鎖，災難警報叫得震天價響，秀安能清楚看見塵風從遠方靠近。這樣的慘況，讓秀安感到有些茫然，但時隔兩年才出來外頭，她可不想死。

她用窩在房裡的這兩年培養出的觀察力，仔細查看了建築物的外牆，接著在下水道旁發現一個隱密的地下室門。裡面很普通，要說有什麼特殊之處，就是乾淨得像剛剛才打掃過，還有一個公司大樓地下室不該出現的焚化爐。這地方似乎本來是做倉庫使用，因此秀安先躲進雜物之中，接著便看見那個叫馬室長的人，帶著失去意識的美珠進來。她躲在那害怕了好久，最後才用顫抖的雙手抓住某個沉甸甸的東西朝馬室長揮了過去。先救下美珠才是最要緊的事情。

就在繩結快要解開的時候，美珠一臉難以置信地問道：

「真的是妳嗎？」

「不然是誰？」

秀安攙扶著雙腳發軟的美珠。想問的事情雖然很多，但她腦袋現在一片混亂。不光是腦袋混亂，眼下的狀況同樣糟糕。美珠緩緩點點頭，隨後突然伸出手，用重獲自由的雙手揉著秀安的臉。粗糙鬆垮的觸感從掌心傳來，這不是假的，是真的。美珠張嘴喃喃自語道：

「太誇張了。」

「什麼？我才覺得太誇張咧，幹嘛沒頭沒腦傳個『真抱歉』來？抱歉什麼？為什麼會覺得抱歉？妳是什麼想法、未來打算怎麼做，這些都應該要告訴我啊！」

秀安的聲音滿是怒意。上一次生這麼大的氣、被人弄到這麼生氣，似乎已經是兩年前的事了。而就在這一刻，一個長長的影子罩在美珠頭上。她瞪大了眼，並且用力把秀安推開。唰——快速的摩擦聲令人渾身發麻。馬室長手上的短刀，以分毫之差的距離掠過美珠的手臂劃過地面。頭上鮮血直流的她再度高舉短刀，嘴裡唸唸有詞地說：

「有兩顆心臟能用，那自然是好事。」

馬室長發出怪聲衝了過來。只見美珠的手臂上多了一道傷口，鮮紅色的血正不斷從那道紅色的裂縫裡湧出。秀安緊閉上眼，將美珠往後推，而雙眼布滿血絲的馬室長則將秀安壓倒在地，雙手掐住她的脖子。秀安揮舞著雙手，拿到東西就往馬室長身上砸。她抓著馬室長的頭，朝她的臉打了幾拳，兩人就這麼在地上扭打成一團。由於長期待在屋內，秀安的體力很快就下降。早知道會這樣，就應該要做點運動的，秀安內心充滿懊悔。看來她沒能看到晴朗的天空就得死了，還是死在這灰塵之神手裡。

狠狠壓制住秀安的馬室長，再一次拿起短刀往她刺了過去。閉上雙眼前，秀安看見的最後一個畫面是刀鋒陰森的亮光，以及小心翼翼靠近馬室長身後的美珠。美珠高舉雙手，手裡不知拿著什麼大型物體，啪一聲，馬室長往前倒了下來。美珠乘機撿起掉落在地的鐵鏟，再度朝馬室長用力敲下去。

地下室陷入一片死寂。秀安推開馬室長無力的身軀坐了起來，美珠則站在她身旁，大口大口喘著氣。馬室長的頭上不斷冒出鮮血，感覺她好像會立刻再起身撲過來。秀安驚魂未定地說道：

「她死了嗎？」

「不知道。」

美珠丟過來的東西，是放在倉庫角落的庫存商品，也是那臺上市後從不曾改款，以重量著稱的空氣清淨機。倒地的馬室長動也不動，秀安跟美珠緊緊抓著鏟子，一步一步緩緩靠近馬室長。她的手指微微抽動著，秀安不自覺尖叫了一聲，並搶過美珠手中的鏟子，用力朝倒地的馬室長揮過去。鮮血噴濺到秀安圓滾滾的臉上，美珠伸手將那紅色的小點給擦掉。地下室再度恢復死寂。秀安的雙手失去力氣，大口大口喘著氣，隨著鑷子掉落地板的碰撞聲一起跌坐在地。

馬室長沒有起來。正當她們覺得一切都結束的時候，空氣中卻傳來模糊的聲音。那種聲音難以形容，與其說是聲音，更像是某種共鳴。從高空，不，從地底深處，或是說在腦中嗡嗡作響的聲音。

我會成為其他災難再度回來。

馬室長的手指先是微微抽動，隨後逐漸發出混濁的光芒。她從指尖開始逐漸粉碎，變成灰塵消失得無影無蹤。秀安與美珠都跌坐在地，看著馬室長原本所在的位置逐漸變得空無一物。過了好一陣子，美珠才終於開口。

「抱歉，我騙了妳。妳大多時候都很讓人失望，但偶爾還是很可愛，相信妳一定能好好活下去。」

美珠的聲音穿透了寂靜，抵達秀安的內心。秀安呆看著美珠，而美珠一直都在看著秀安。她乾裂的唇微微顫抖。

「我一直想跟妳說這句話。」

秀安緩緩點點頭，隨後答道：

「我一直都知道，妳要騙我的錢。」

「是我錯了。」

秀安沒有說話，只是視線從美珠身上移開。原本馬室長所躺的地方，現在只留下一堆灰塵。他們真的還會再回來，灰塵之神肯定會找新的代理人。她們一點也不覺得痛快或解脫，只是人生終究要繼續，而如何咬牙撐過這些難關，才是最重要的。

先伸手的人是秀安，美珠則回握住那隻手。秀安看向美珠，美珠也看著她。兩人相互扶著對方起來。離開地下室的路上，美珠像是突然想到什麼似地問道：

「巴士上的人應該都沒事吧？」

「其實剛剛妳被綁住的時候，我聽到她說什麼火刑，然後就打給一一九報案了。人不用在現場也可以跟一一九報案。」

開門走出戶外，比以往更晴朗些的天空迎接兩人。塵風有好一陣子都沒有再吹起了。

與惡夢同行

約翰·亨利希·菲斯利[3]、

尼古拉·阿比爾高德[4]，

以及……佛萊迪·克魯格。

我記得這些人的名字。要說為什麼，那是因為我透過他們，了解到連我自己都不知道的自己。依據一八二五年死去的約翰·亨利希·菲斯利所畫的油畫，我渾身都是令人不快的綠色，沒有一點體毛，尖尖的耳朵像角一樣，而且還駝著背。而一八〇九年死去的尼古拉·阿比爾高德在一八〇〇年所畫的〈惡夢〉，也把我描繪成類似的形象。要說這兩張圖的我有什麼不同，那就是表情。前者是看著一名神色痛苦的女子露出邪惡的微笑，後者則是露出小小的眼睛，面無表情地看著某處。後者給人的感覺更驚恐一些。而若要從這兩者之中選一個，我想我比較接近後者。畢竟，誰會一邊吃飯一邊露出邪惡的微笑呢？

接著是佛萊迪・克魯格。他是驚悚電影《半夜鬼上床》系列裡的殺人魔，是只在小孩子夢中出沒的夢魔。因為他是被火燒死的，所以全身布滿了燒傷的痕跡，搭配頭上的紳士帽與長長的指甲，就成了他的正字標記。我曾經把他當成追蹤的目標，成天跟在藍眼睛的小孩身旁一起看那部電影。這個角色極其恐怖，前面兩幅畫中的我完全無法跟他相比。我覺得有點受傷。把我畫成綠色我就不計較了，但佛萊迪・克魯格會不會太過分了？我本來是這樣想的，可是那天晚上，在藍眼小孩的夢中，我的確變成佛萊迪・克魯格了。我就像電影裡的他一樣，用尖銳如刀的指甲威脅他，戴著紳士帽跟奸詐的笑容吃著飯。那頓飯真是悲傷。

所以我記得這三個名字。他們想像出連我自己都不知道的模樣，且為

3. Johann Heinrich Füssli（一七四五—一八二五），德國—瑞士裔的英國畫家、製圖員及藝術家。

4. Nicolai Abraham Abildgaard（一七四三—一八〇九），丹麥畫家。

無名的我取了一個陌生的名字。

總之，我可以確定，沒有人知道真正的我究竟長什麼樣子，連我自己都不知道自己的長相。因為鏡子照不出我的樣子，所以我也沒好好看過自己。我只能參考人類用以描繪我的作品，推測自己應該長得很兇險。畢竟在探索未知世界的想像中，我們時常會在想退縮時遭遇攻擊，因此每一步都必須小心謹慎，避免退縮的機會。

我最主要的工作，就只是趁人類毫無防備時爬上他們的肚子，耍點壞心眼飽餐一頓而已。究竟是我這樣的存在太過微不足道，所以才讓我做這種事，還是這種事做久了，我就變得越來越微不足道，實在連我自己都不清楚。每晚，許多無辜的人帶著惡夢入睡，而我潛伏在他們的夢中。他們的惡夢形形色色，他們透過我面對自己不想面對的事物，他們逃跑、哭喊、痙攣。而我則一派輕鬆地在床上跳啊跳的，吸取從他們身上搾取的恐懼與不安。那是維繫我存在的養分，是一頓索然無味的餐點。你問我那是什麼味道？這有點難形容，就很平淡。我想就跟吃貓或狗飼料的感覺很類似。我沒吃過其他東西，實在無法好好說明味道。但這些陰暗憂鬱的情緒，味道真的會好嗎？我只是因為非吃不可而吃，就好像草食動物貓熊因為不需要吃肉，所以根本沒有肉味的感覺神經一樣。對從出生到死亡都只吃炸薯條的人來說，即使送上最頂級的生魚片到他面前，他大概都吃不了。總之，看著渾身冷汗不斷掙扎的人類，確實挺有趣的。

偶爾會有人在我用餐途中醒來。在惡夢中，人類總是激烈地掙扎著，因為他們是活生生的人。人必須活著才會感受到恐懼，因此他們的身體是有溫度的。當有溫度的人類用指尖擦過我的皮膚，我便會燙傷。雖然眼睛看不見傷口，卻會有股恰似滾燙熱氣的感覺蔓延開來，將我的皮膚融化，形成駭人的燙傷。我感覺自己像身處鍋爐室的佛萊迪．克魯格，因此我必須避免被人類觸碰，但即便這件事我一直銘記在心，依然還是會有失誤的時候。

紫霞洞二街三十六號，一〇三棟三〇三號房。

我選擇恩成家的原因很簡單——他家陽臺窗戶左邊的角落有些微的破損。即便我能夠自由穿越所有牆壁與窗戶，卻還是希望能有個像樣的通道可走，因為這會讓我有受邀的感覺，彷彿餌食主動向我招手。從這點來看，我對恩成家很滿意。破碎的窗戶留下一地尖銳的玻璃，向我展現了連窗戶都無暇修繕的貧瘠日常。屋內混亂得恰到好處，彷彿是專為我而打造的空間。

看著這個被我入侵的房間，我還發現一件事，那就是這裡十分擁擠。恩成這八點五坪大的空間沒有一絲留白，除了掛著LED燈的天花板之外，牆面上、地板上擺滿了各種瑣碎的雜物。例如旅遊景點的紀念明信片、只要澆點水就能長得很好，此刻卻分不出是生是死的藤蔓植物、過氣的偶像海報、各種麵包附贈的貼紙、拍得不怎麼好看的童年照片、出刊超過一年的雜誌頁面，或是褪色的散落書頁等等。那房間對我來說，就像是個眷戀的聚合體。眷戀這種情緒，以形態詭異的重力在這個空間裡作用著。我推測，恩成是個相當多情的人，甚至多情到有些氾濫，因此連那些該丟掉的東西都捨不得。以我在漫長歲月中累積的資訊分析，多情常常能跟愚蠢畫上等號。

其中最搶眼的是娃娃。床鋪畢竟是我的主要活動空間，我自然會留意觀察。床也是人躺下的空間，因此床上經常塞滿各種雜物。例如動漫角色玩偶、樹葉造型的抱枕、或圓或方的枕頭等，各式各樣鬆軟的物品。雖然跟其他夢魔相比，我活得並不算久，但也不算年輕。不過跟過去我所見過的成人房間相比，恩成的房間確實相當獨特。嗯，雖然無法清楚說明，但一言以蔽之就是非常邋遢。恩成很邋遢。

拋開詭異的想法，我把注意力重新移回目標身上。將下巴靠在床頭的恩成，身上穿著領口已經鬆脫的破舊T恤，下半身則穿著在市場買來，一件只要五千韓元的冰絲褲。布滿血絲的眼球與黑眼圈，是一般社會人士的標準配備，疲憊的臉孔上還有隱隱可見的雀斑。他從床上起身開始翻找抽屜，接著便走到全身鏡前，隨後仰起頭來，往眼睛裡滴人工淚液並開口對某人說話。

「我今天丟了兼職工作。從明天開始就得勒緊褲帶過生活，但不需要可憐我，我反而覺得很輕鬆，因為我打工的咖啡廳老闆根本是個瘋子。」

我趕緊看了看四周。恩成並沒有戴著耳機，手機也放在角落充電。我想他可能是在跟狗說話，便四處找了找，因為白狗對夢魔來說是種威脅。但房裡只有恩成跟我，於是我做出結論——恩成是在自言自語。已經準備就寢的恩成來到床邊，無力地坐了下來。然後一把拉過我身旁那個笑得傻乎乎的小狗抱枕，喃喃自語道：

「啊，既然都被炒了，就應該痛罵老闆一頓才對，你不覺得嗎？」

這之後，恩成又一個人自言自語了約三十分鐘，甚至讓我有些疑惑他究竟在做些什麼。確實有些人喜歡自言自語，但恩成似乎有些誇張。我躲在抱枕堆裡，靜靜等著恩成睡著。待在這個骯髒且滿是眷戀的空間裡，我覺得自己的氣逐漸被吸走，因此開始感到飢餓。連鏡子都無法照出我的樣子，人自然也不可能看見，我卻覺得我必須小心恩成。

恩成就像一般人，拉起棉被蓋住脖子以下的部位，在黑暗之中滑手機滑了好一陣子才緩緩入睡。接下來是屬於我的時間。我從那些表情愚蠢的玩偶之間爬了出來，爬到棉被上俯瞰正酣聲大作的恩成，接著在他耳邊低喃著夢的語言。沒過多久，恩成便在我所支配的夢的領域睜開眼。

這次我會是什麼模樣呢？

上次是眼珠掉到下巴的上吊鬼，有時候又會變身成佛萊迪，前幾天則是拿著生魚片刀的殺人魔，有時候則是巨大的青蛙怪物、怒翻反省報告的上司，或是面無表情的情人。從他對玩偶說的那些話看來，他的兼職工作有一個不好的結尾，因此我說不定會以咖啡廳老闆的模樣出現。我再一次在恩成耳邊低聲呢喃夢的語言，他才剛入睡沒有多久，只見那雙昏沉失焦的眼越來越清晰，並清楚望向了我。我心滿意足地望著那雙驚訝的眼，恩成渾身冒著冷汗，雙唇不住顫抖，我能聽見來自他喉嚨那氣若游絲的聲音。

「熊……是熊嗎？」

熊？是說森林裡的熊嗎？我曾聽說某處曾經有一家人去露營，卻被棕熊殺害的消息。但這樣的情境要成為現代人的惡夢似乎不夠強烈，更何況我覺得自己的身體不夠輕盈，我似乎沒有變成熊。這時我才終於注意到，自己配合恩成的恐懼變成了什麼樣子。我的四肢又粗又短，肚子上還長出了白毛，其他部位則是會令人聯想到熱巧克力的溫柔褐色。這……並不是真的棕熊，也不是熊，而是熊玩偶。恩成伸長了手臂，一把抱住我低聲說道：

「我好想你，你跑哪去了？」

似乎是有哪裡出錯了。他的身體又為什麼能動？當然，確實有些人天生就不容易被鬼壓床，但這種情況並不會造成什麼問題。重要的事情是，我不知為何沒有變成可怕的怪物或他想痛下殺手的上司，而是變成了區區的熊玩偶。

活著的生物柔嫩、鬆軟且溫暖。可那樣柔嫩、鬆軟且溫暖的皮膚一將我包圍，讓我彷彿就要死去。不知他力氣怎麼那麼大，我幾乎就要窒息，我感覺全身像火燒一樣難受。再這樣下去，我說不定真的會變成佛萊迪。我已經沒有話要對恩成說了。我不是真正的熊玩偶，而是披著熊玩偶外皮的飢餓夢魔。我是個連夢魔這個角色都無法好好勝任的夢魔，如果夢魔無法再召喚惡夢，那會怎麼樣？

人類會透過我看見他們最想逃避的事物，這個系統不曾出錯過。因此我之所以變成熊玩偶，就表示恩成最想逃避的是這個熊玩偶。然而現在恩成不僅不感到害怕，甚至還笑得非常開心，這樣我便無法填飽肚子。為了做點什麼，我趕緊起身，看是要在床上跳個幾下、喊出一些怪聲，或是做些足以引發他恐懼的行為。

就在這一刻，我粗短的左手臂啪的一聲掉到地上，線頭跟裡頭的棉花都露了出來。恩成慌張地甩開我，這時我才終於得以喘息。他看著我的表情越來越陰沉，我開始聞到恐懼與悲傷的可口氣息。

每當我一動，熊玩偶便越來越破舊。手臂掉落、屁股的縫線鬆開，棉絮掉了出來、耳朵脫落、因為刮傷而不再明亮的眼珠脫落。起初塞滿了棉花且乾淨的熊玩偶，轉眼間醜得有如被人棄置在垃圾堆。恩成的表情變得冷漠且生硬。

「不是我把你丟掉的。」

這時我才終於把整件事串起來。如果說小時候弄丟的熊玩偶，變成殭屍回來找自己也算是惡夢的話，那這的確是個惡夢。說不定他還會想起自己曾經為了想擁有新的玩偶，而偷偷把老舊熊玩偶給丟掉的事。從恩成的房間裡，可以發現他會把一些小東西看得太重要，這樣的個性很容易有罪惡感。這種情況雖然罕見，卻也不是沒遇過，因為罪惡感與恐懼總是息息相關。失去童年時曾經珍視的某樣事物，都一定會在人身上留下痕跡，無論是玩偶、是物品、是人，無論是被迫失去或親手丟棄。雖然覺得這樣的惡夢有點弱，又莫名覺得他有點可愛，但那又怎樣？我只要能吃飽就好。悲慘的我，只想要吃這一口飯而已。我帶著有些說不清的奇特感受開始吃起飯來。我用老舊的熊玩偶身體在床上大步走著，將恩成散發出來的負面情緒吃進肚子裡。明明只是夢到一個破爛的熊玩偶，恩成所流露出的情緒卻十分濃烈，這也讓我得以多花點時間細細品嘗。

我吃得心滿意足。而就在我飽餐一頓，對恩成撒了點睡粉，並想從剛才那扇破碎的窗戶離開時，半夢半醒的恩成伸長了雙手，似乎是在找能抱的東西。我從床上恩成的那些朋友中挑了一個小狗玩偶，並朝恩成走過去。換作是平常，我肯定不會這麼貼心。我本來只打算將玩偶放到他手裡就離開，沒想到他卻突然大手一揮，抓住了我而不是那個狗玩偶。

在睡粉的影響下，人不該有這麼大的力氣，但恩成的擁抱卻十分用力。我慌張得不知所措，絲毫沒想到要掙脫或逃離，只能僵在那裡。恩成冷汗滿布的肌膚與呼吸的氣息碰觸到我的身體，這是一種陌生又奇特的感覺。他抱了我好一陣子，好像把我當成陪伴他入睡的可愛熊玩偶。不是佛萊迪，而是熊玩偶。

沒過多久，恩成便睡得不省人事。在徹底沉睡之前，他看著懷裡的我眨了兩次眼睛，然後又抱得更緊了。他沒有將我丟出去，也沒有甩開。不知他看到的是熊玩偶，還是我那醜陋的真面目。不過，我想應該是前者吧。肯定是這樣沒錯。人們之所以會抱熊玩偶，都是因為覺得可愛，而不會有人像恩成抱住熊玩偶這樣來擁抱我。

我越過漆黑的夜空。穿越建築物、飛越電線桿與垃圾車、飛越仍點著燈的辦公室與象徵夜生活輝煌燦爛的霓虹燈招牌，被恩成碰到的地方似乎在燃燒。諷刺的是，被恩成碰到的地方實在太燙了，以至於我覺得身體其他的部位非常冰冷。雖然不知道自己的身體是什麼樣子，但又冷又熱，實在讓我受不了。而奇怪的還不只這些。

我跑了這麼久，也差不多該覺得肚子餓了，而我卻絲毫沒有飢餓感。恩成那骯髒雜亂的家、他就要閉上的雙眼在我眼前閃現。不知為何，總覺得光是看著這樣的情景，我就覺得飽。我突然有種預感，明天我也會穿過恩成家窗戶的破洞進到他家。居然連續兩天被夢魔纏上，是很對不起恩成，但我才管不了這麼多。

我坐在教會頂端徹夜亮著燈的巨大紅色十字架上想，恩成看到那破舊的熊玩偶會感到痛苦，會不會是因為他深深感覺到，自己再也無法回到記憶中的那個時刻？破舊消失的熊玩偶不會再回來，那或許我所讓他看到的惡夢，也可能不只是普通的惡夢。當然，就算不是也無所謂。

比起內心難以捉摸的大人，小孩果然還是好懂一些。隔天，我打算小口小口吃點青澀的恐懼，因此在公寓社區裡徘徊。正當我因為找不到滿意的食物而有些焦躁時，突然有人推開社區裡的連鎖咖啡廳大門走了出來。那是恩成。

「我們考慮一下再跟您聯絡。」

他似乎是去面試，看他對店經理鞠躬道別之後便回家去了。而我則像是被什麼迷惑一樣，就這麼跟在他身後。夢魔被食物給迷惑，實在非常可笑，但我也不知道為什麼會這樣，就只是想跟著他。他每走三步就會嘆一口氣，而就在快到家時，他突然停下腳步。他站在便利商店的夾娃娃機前面，他看著機臺發出的微弱燈光低聲說道：

「夾一次就好。」

恩成掏出銅板，卻還是猶豫了好一會兒。接著他毅然決然地將銅板投入投幣口。幼稚的旋律響起，夾娃娃正式開始。我坐在夾娃娃機上，旁觀他這無聊的舉動。恩成一直失敗，失敗再失敗，失敗到讓人好奇他一開始想抓的究竟是什麼。在他現金用完並進去便利商店領錢之前，他始終一無所獲。他幾乎就要哭出來了。

恩成已經用掉九千五百元[5]，就在他投入最後的五百元時，我決定幫他一次，做為前一晚讓我飽餐一頓的回報。夾娃娃機裡的夾子搖搖晃晃地移動著，恩成焦慮地咬著嘴唇。而我的身體可以通過任何地方，因此我就進到機器裡，拿起似乎是他目標的小雞玩偶跟著夾子移動到出貨口。即便我是個沒有力量的夢魔，但玩偶這種東西我還是能處理的。

噠一聲，小雞平安逃出夾娃娃機。可能是在機器裡待太久了，一臉呆滯的小雞玩偶有些褪色，甚至還能看到一些線頭，看起來就像恩成一樣。拿起那個巴掌大的玩偶，恩成既沒有哭也沒有笑，而是露出奇怪的表情。該怎麼說呢，看起來像是很想哭，玩偶卻不識相地從機器裡跑出來，害他沒辦法哭。恩成對小雞說：

「我們回家吧。」

其實，我覺得不應該說恩成很讓人失望、很愚蠢。因為即便我不可能這麼說，但這還是很像我會說的話。恩成將小雞塞進口袋裡，繼續踏上回家的路，回那個窗戶有一角破洞的家。

我繼續跟在他後頭，昨天的預感果然是對的。我今天也要爬上他的床，帶走他的惡夢。我得填飽肚子，這也是沒辦法的。今晚，我要再一次讓他被鬼壓床、再一次在他耳邊呢喃夢的語言，讓他看見自己最想逃避的事物。我可能跟昨天一樣變成破爛的熊玩偶，也可能變成轉而錄用其他人的咖啡廳經理，或是催促他盡快交房租的房東，說不定我會變成比預期還要高的

5. 此指韓元，約臺幣兩百二十三元左右。

瓦斯繳費單。但是……如果真的要變，那我希望跟昨天一樣變成熊玩偶。可以變得更破舊，也可以是其他的玩偶，希望可以既可憐又可愛，因為今天我是故意要讓他被鬼壓床。

恩成不知何時將小雞從口袋裡掏出來，掛在指尖甩。我默默跟在他身旁，偶爾昏黃的路燈會閃爍，會有那麼一瞬間，恩成映照在牆上的影子旁，會有我拖著長長尾巴的影子。不曉得恩成是否有看見。

宇宙貓商店的秘密

那年的社群平臺上，尋貓的文章特別多。由於失蹤的貓實在太多，甚至還登上了「九點新聞」這樣主要的電視新聞節目。我也看到了那則新聞。一名給人沉悶印象的中年男子，用相當悲戚的聲音說：

「許多貓咪正在消失。」

那是真的。沒有任何標準、沒有任何特徵，貓就是隨機消失。貓會從街頭上、從家中、從床上、從沙發上消失。有些是自己開門離開，有些是轉眼之間突然不見。不光只有家貓這樣，就連街貓的數量也明顯減少。不知道牠們究竟是離家出走，還是被誰綁架了。雖然城市裡四處都有運作正常的監視器在拍，可是貓一旦消失，就不會出現在監視器畫面上的任何地方。也就是在這時，專門找貓的偵探如雨後春筍般出現，卻沒人成功找回任何一隻貓。這些貓偵探很快就嘗到失敗的滋味。

社會上流傳著許多陰謀論。其中掀起最大話題的，就是世界上有一股要徹底讓貓絕種的邪教勢力，為了有系統地動員那些平時就有虐貓傾向的人，便選擇以宗教的形式發展。所有影音平臺上，都有內容極為刺激，畫面卻十分模糊的虐貓影片四處流傳。也因為這個謠言，政府開始大力掃蕩，使幾個才剛剛要開始蓬勃發展的邪教組織徹底瓦解。然而即便如此，那些消失的貓也沒有回來。

貓都去哪了？

這些宛如失去家人的飼主感到悲傷、心力交瘁，整座城市都被憂鬱籠罩。電線桿上貼滿了尋貓啟事，每一根電線桿前都有人站在那默默哭泣。

我也是其中之一。我才剛把尋貓啟事貼出去不久，那張紙便已經變得破破爛爛，上頭還多貼了好幾張更新的尋貓啟事。我好不容易才能看到切達的照片，但牠的臉也跟著那張紙一起斑駁。我在最上面貼了一張新的尋貓啟事。一隻臉圓滾滾的橘貓，躺在四方形的框框裡。牠是切達，跟我一起生活了八年的家人。

切達在一個極其平凡、平和的週末下午突然消失。我從健身房回來的時候，切達還在沙發上睡午覺。牠那覆蓋著柔軟貓毛的肚子，隨著呼吸的節奏平緩起伏，而那有著一個褐色小點的鼻子，則發出令人愉悅的聲音。穿透棉布窗簾照進室內的陽光十分溫暖，切達平時喜歡待在陽臺觀看外頭的動靜，此刻孩子們在外頭跑跳嘻鬧的聲音正透過陽臺傳進屋內。那時我在想，我想要永遠記住這一刻、這個畫面。一想到永遠這個詞，我又接著想到切達的生命進程不可能跟我一樣，因此我的想法便停在這裡。總有一天，我跟切達會有一方先行離去，人類跟寵物的關係就是如此。但仔細想想，人跟人之間的關係似乎也沒什麼差別。

我開始想像未來，接著突然陷入悲傷。我坐在切達旁邊摸著牠的背，牠從睡夢中醒來，伸了懶腰、打了哈欠，隨後眨了眨眼。接著牠輕巧地跳上我的膝蓋，開始不停磨蹭著我，彷彿是要我放鬆心情一樣，我忍不住笑了出來。在我膝上打滾的切達突然抬起頭來，牠那又大又沉靜的眼睛望著半空中並快速移動。當牠看見我看不見的灰塵或小蟲時，就會有這樣的反應。切達再度爬起來，跳到沙發前面的小茶几上，然後牠突然轉頭盯著我，彷彿是想好好記住我的模樣。我用鼻子輕輕碰了碰牠的嘴巴，然後就往浴室走去準備洗澡。

這就是我最後看到切達的樣子。

在我洗澡的時候，我聽見非常微弱的電子音。我突然想到，這是切達第一次沒有明顯抗拒我的親吻。切達個性很敏感，非常不喜歡我把嘴湊到牠的臉旁。每次我這麼做，牠要不是會用那不痛不癢的拳頭揍我，就是會露出爪子來威嚇。我哼著歌洗完澡，一邊走出浴室一邊呼喚切達的名字，但切達並不在客廳。我找遍了家中每個角落，發現確實鎖上的玄關大門微微敞開。我也到外頭去找過了，都沒看到切達。

我用盡了所有方法，只為了尋找切達。我在自己的社群帳號上發文、到處貼尋貓啟事，也雇用了貓偵探，還跑遍了各大流浪貓收容所，卻都沒找到切達。這樣一番折騰，應該要有一些收穫，卻沒有得到任何消息。切達就像從人間蒸發一樣消失了。偶爾會有人因為高額酬謝金而打來提供線報，但仔細確認之後，才發現那是別的貓。

有一天，我整天都在家裡哭。我竟然能流出這麼多眼淚，實在令我感到新奇。我哭得太兇，直到眼角都快要潰爛才終於睡著。與此同時，強壓在胸口一角的罪惡感仍蠢蠢欲動，讓我不時從睡夢中醒來。每一次醒來，我都會凝視著那本該有隻溫暖的毛茸茸生物所在的角落，看上好一陣子才繼續睡去。

我在淺淺的夢境中漂流許久，不斷變換、眼花撩亂的場景，能讓我看見切達閃逝的身影。

夢中的切達坐在我的枕邊。跟黑色浪潮幾乎要將我吞沒，然後從魔女所給的樓梯上滾下來這一類的夢相比，這算是個令人心動的開場。切達把牠小小的手放在我的額頭中央，上下踩了幾下，像是要安慰我似的。隨後我看見牠開口，那小小的口中吐出了人類的語言。

「別太擔心，我過得很好。」

切達舔了舔我的鼻梁。即使在夢中，我也感到一陣睏意。我感覺自己久違地睡了個深沉的覺，醒來時已經是早晨。

切達消失已經超過一個星期，我只要一有空，就會習慣性地拿著尋貓啟事在社區裡徘徊。每天，我的包包裡都放著尋貓啟事。現在放棄還太早，還太早……我不斷重複提醒自己，像失去語言能力的幽靈一樣徘徊。

發現那間貓商店，是在從「走失貓咪飼主聚會」回來的路上。準確地說，是從那裡逃出來的路上。我以為跟遭遇相似的人接觸會得到一些安慰，以為悲傷的人分享彼此的悲傷，就能夠稀釋自己的悲傷。我期待能從比我更悲傷的人身上，多少學會一些擺脫這種痛苦情緒的方法。結果卻與我期待的相反。沒有什麼方法能讓人逃離這種駭人的失落感，我也是第一次知道悲傷也有所謂的加乘效果。在小小的體育館裡，所有人圍坐成一圈，悲傷的粒子在周圍飄浮。人們輪流談起自己失去的貓咪，大多數的人都無法把話說完，只是以嘆息和嗚咽作結。在輪到我之前，我逃離了體育館。

我邊走邊哭，幾乎要分不清我是在走路，還是因為被困在眼淚裡而不斷徘徊。當我回過神來，發現我身在一個從沒來過的陌生地方，那裡非常荒涼，甚至讓我疑惑首爾竟還有這樣的地方。我能看見遠方的燈火，但因為視線很模糊，因而無法得知明確的形態，我只能看見那燈光從紅色轉變成綠色，又從綠色轉變成黃色，我朝著燈的方向走去，沒過多久便看見霓虹燈招牌出現在我眼前。

「宇宙貓商店：貓用品專賣」

那是一棟占地頗大，看起來像座倉庫的建築物，矗立在廢棄公園與荒廢的商店街之間，位置實在有些尷尬。相較於那無比刺眼的鮮豔霓虹燈招牌，內部看起來非常破舊。真的會有人來這種地方買東西嗎？價格如果不到批發價，想必很難吸引到客人。說不定是以網購為主力的店。我吸了吸鼻子，往前邁開步伐。

玻璃牆面上，貼滿了各式各樣的貓玩具廣告，其中還有已經上市好幾年的產品廣告。推門走進去，坐在櫃檯的店員隨即起身歡迎。

「請問要找什麼嗎？」

這名店員有著一雙大眼，聲音又尖又細，就像貓一樣。他身上穿的那件T恤，寫著「敬全宇宙的貓」。我頂著一雙紅腫的眼，從包包裡把尋貓啟事拿出來遞給店員。

「我的貓不見了，請問你有看過這樣的貓嗎？」

店員看著那張尋貓啟事看了很久。過去這段時間，人們要不是嫌煩推開我，再不然就是露出失望的表情，嘴裡還碎唸著說「不過就是一隻貓，何必大驚小怪」。相較之下，他的表情算是非常真摯。那有些陌生的反應，讓我隱約抱持著一些期待，沒想到他卻語帶遺憾地說：

「最近找貓的人實在太多了……我不太清楚。怎麼辦？真是抱歉。」

「沒關係，我也只是習慣性問一問。」

放下尋貓啟事，我往旁邊看了一眼，發現那裡擺著切達喜歡的棒狀點心。我拿了幾個，然後緩步在店內閒逛。有別於簡陋的裝潢，裡頭的商品可說是非常豐富。尤其是零食和飼料，不知是從哪國進口來的，淨是我沒看過的品牌，上頭的說明都是看不懂的文字。我拿起一個購物籃，著了魔似地開始掃貨，邊掃還邊荒唐地想，準備這麼多美味的飼料，切達會不會回來呢？

「請幫我結帳。」

店員默默地刷起條碼。

我雙手提著滿滿的購物袋離開那間店，因為沒有開車來，我只能自己走到車站。就在沿路開始出現其他商店時，我開始覺得有些空虛。焦躁不安的心情讓我放下手中的購物袋，開始翻找起自己的包包，裡頭的尋貓啟事竟然全消失了。這時我才想到，結帳的時候，我把那一整疊尋貓啟事擺在櫃檯。

我有些遲疑，如果想把尋貓啟事拿回來，那我就得再往回走一段路。現在已經晚了，一來一回，說不定會錯過末班車。我可以明天再來這間店，也可以重新印那些尋貓啟事。但不知為何，我覺得這件事似乎不能等，放棄那一整疊印好的紙，好似放棄尋找切達一樣。最後我決定回頭，因為那一疊紙是我的努力、悲傷與失落，也是為了找回與切達共度那八年的證據。

我原路返回，走得好像比從那間店離開時更久。在重新看到那閃爍的霓虹燈招牌出現在眼前時，我已經筋疲力盡。我覺得自己的力氣，好像都被地面吸走了。放下購物袋，我看著眼前的商店，裡頭的燈已經全部關上，是打烊了嗎？我慌張地看了看時間，已經是午夜了，我深感自己浪費時間，現在連哭的力氣都沒了。

熄燈後的貓商店有如一個老舊的巨大箱子。我走到店門口，裡頭還是一片漆黑。門已經牢牢鎖上，怎麼也打不開，只剩下那如指示牌一樣鮮豔明亮的霓虹燈招牌在夜裡閃爍。我放下手中的袋子，靠在建築物破舊的外牆邊稍事休息。正當在想是要喘口氣再叫計程車，還是乾脆直接走回去時，我注意到奇怪的東西。

一群從公園走出來的黑色生物，正朝我這裡靠近。我趕緊躲到轉角去。

來到霓虹燈招牌下，那群生物露出了真面目。我懷疑著自己的眼睛，那是一群少說有二十隻的貓，牠們排著隊，整齊且自然地往建築物後方走去。我整個人貼在牆上，小心翼翼地移動著。切達說不定也在其中！這讓我心跳快得不得了。

我很快來到建築物的後方，在散亂的垃圾桶與雜物之間，有一扇綠色的鐵門。那些貓豎直了尾巴，像陰影一樣悄無聲息地移動。牠們的動作井然有序，隊伍沒有絲毫的混亂，簡直就像軍隊。第一排的其中一隻貓輕推了一下門，而門則彷彿靜待已久似地瞬間敞開。牠們沒有任何遲疑，一下就跳了進去。當最後一隻貓的身影消失，鐵門就要關上之前，我抓住了門把，丟下那些隨動作唰唰作響的購物袋，跟著牠們進到室內。

店員不在裡頭，但這群貓就像等待結帳的客人，在櫃檯前排成一列。一陣吱嘎聲傳出，我躲在罐頭陳列架後面觀察牠們的動靜，那裡頭似乎有個把東西吸進去的洞，只見最後面的黑貓往櫃檯裡面一跳，卻沒有發出任何碰撞或落地的聲音。我走了出來，看著貓咪們消失的位置。

櫃檯內側的地板有一個洞，還有一道通往深處的樓梯，盡頭似乎還連接著其他通道。我猶豫了好一會兒，最後決定鑽進去。既然都來到這了，我得知道貓咪們都去了哪裡。

與階梯盡頭連接的那條路非常狹窄，要是我的身形再高大一點，恐怕就會被夾得動彈不得。我手腳並用，像在地上爬行一樣通過這狹窄的通道，隨後來到一個比較寬敞的空間。但說是寬敞，也就只是我站起來便能碰到天花板的高度。

空間正中央有個比我稍微高一點的透明箱子，上頭的標示寫著按下凸出的紅色按鈕，就能夠從地下五樓上來，看來這是臺電梯。隨著輕快的電梯抵達音響起，有如一顆直立膠囊的電梯出現在我面前。那大小實在很可愛，我走進去，發現頭頂距離天花板只有一點點空間。我按下貓咪們前往的地下五樓。

膠囊就像遊樂器材快速下降。由於膠囊實在有些太合身了，因此我有種站在棺材裡下墜的感覺。下降期間，我也短暫瞥見地下三、四樓，那是有如在電影裡才會出現的雄偉研究室。貓商店地下竟有這樣的空間？感覺像在做夢。不過這可不能真的是夢，因為我總覺得說不定能在這裡找到切達。叮咚，抵達指定樓層的聲音響起，門一開，是貓商店的店員在迎接我。仔細一看，我才發現他的瞳孔是黃色的。他說：

「我帶您到站長所在的地方。」

我跟在店員身後，四周的光景實在令人難以置信。在橢圓與長方形的空間之中，有著流線型的機器，貓咪們繫著安全帶坐在裡面，感覺就像坐上巴士正在等待啟程。這種機器不只有一、兩臺，少說有十幾臺。我張大了嘴四處張望，有拖著行李箱的貓、操控機器的貓、帶著悲傷表情的貓……四處全都是貓。走在前頭的店員說：

「貓咪們都在準備回去原本的星球，這裡是個轉運站。」

「是貓星嗎？」

「原本是規定一旦開始登機手續，就不能讓其他種族出入，但站長看了您的尋貓啟事，似乎有些被打動了。詳細的情況就請您直接聽他說吧。」

瞬間，店員化身成一隻白貓。一隻長毛、黃眼的貓用小巧可愛的前腳掌指著眼前的門。

我小心翼翼地轉動門把並將門推開，那門就跟電梯一樣低矮，我必須低頭才能通過。進到裡頭，我發現一張兒童用書桌前，有一隻雙手背在後頭的貓咪站在那。牠戴著藍色的帽子，身上穿著一件威風的外套，是切達。切達抬頭看我，並對我說：

「妳眼睛腫成這樣，真的好醜，銀河。」

✦

「銀河，我沒想到妳會找到轉運站。我們把這間店設定成營業時間結束後，除了貓之外其他種族都看不見。轉換模式只需要大概一分鐘，而妳就是擠進了那一分鐘的間隙，進到了我們的領域。

其實離家之後，我曾經回去過一次。對啊，妳記得那個夢吧？那不是夢，那是真的。我想妳肯定在哭，我很擔心，所以才回去看了一下。結果跟我想的一樣，妳在家裡嚎啕大哭，就像剛出生的小嬰兒。我很想陪在妳身邊，可是……真抱歉，就這樣離開妳。

我該從哪裡說起才好？我們是從很遙遠的宇宙來的。很久以前我們就在這裡設立本部，進入地球生活。不光只有地球，我們派了很多視察團，到有跟我們類似的生命體居住的行星去。視察團蒐集這些行星的情報，並將情報送回我們的行星。對，雖然我看起來像是每天都在睡懶覺、整天在家裡打滾，但其實我一直都在工作。而且我的職級很高，所以我超忙。例如說，鮪魚點心的製造方式，就是我們星球超級需要的情報。我真的是第一次吃到這麼美味的東西。

我們花費很多時間蒐集情報。當然，過程中也有同事乾脆在地球定居，也有些同事遭遇一些不好的事。地球對我們來說，並不是個適合居住的星球。這裡確實有很多好人，卻也有很多不怎麼好的人。他們所打造的機器、系統，以及可怕的原住貓都在威脅我們。我也沒想到，我竟然會在這個行星待這麼久。啊，我們活得比地球的貓都要久，我想我可能也會活得比妳還久。

妳還記得我們第一次見面的情況嗎？我被兇險的地球貓包圍，是妳救了我。那時候我還太小，沒有能力反抗。我很滿意跟妳一起的生活，除了妳一天到晚笑我胖之外，妳是個很溫柔的室友。我喜歡妳摸我的觸感，還有妳呼喚我的聲音。我很想再跟妳多相處一段時間……可是這次我們的故鄉緊急發布返回命令，我想應該是發生什麼不好的事了。例如外部侵略，或是內部戰爭之類令人頭痛的事。

我們花了一個月準備返回故鄉，大家依照抵達的先後順序搭上宇宙船離開。然後今天，就是最後一艘船了。今天之後，這個轉運站就要關閉了。」

切達說到這裡就停了，而我則語帶哽咽地問：

「那你不會再回來了嗎？」

「我也不知道會怎樣，得回到故鄉才知道。」

「可能會有危險，對吧？」

「對。」

切達似乎是想安慰蹲坐在地的我，便上前拍了拍我的肩膀。好久沒有感覺到這溫暖又軟嫩的觸感了。我真想直接抱著切達逃跑，管他貓星球是什麼狀況，就不能留下來跟我在一起嗎？這個問題我差點就要脫口而出了，但還是努力忍了下來。我看到切達的眼底，有著不容質疑的責任感，就像牠在家中為我抓蟑螂時的眼神。我緊抱住切達說：

「隨時歡迎你回來，我等你。」

切達也張開手抱住我，感受牠那柔軟又溫暖的毛手，我想我會記得這股溫度好久好久。我聽見口袋裡有東西摩擦的聲音，手往裡頭一伸，拿出了一組棒狀的鮪魚零嘴。我想我是為了減輕購物袋的重量，所以才塞了一些在口袋裡吧。我將那零嘴遞給切達。

「留著吃吧。」

切達接過點心，抬頭對我說：

「妳也要按時吃飯。」

「我一直都有按時吃飯。」

「少吃點宵夜，聽說那對健康不好。」

我們對視了好久。那雙金黃色的眼睛裡，滿滿的都是我們共度的八年時光。站長室的門打開，白貓走了進來。我聽見巨大的引擎聲與唰唰的摩擦聲。切達跟我腳下的地面開始震動，白貓說：

「站長，該出發了。」

切達的手臂離我越來越遠。橘貓威風凜凜的背影朝著太空船走去，牠上了最大的那艘太空船，坐在最前面的位置，並對我揮了揮手。我站起身來，朝著太空船升空的方向跑去。地面劇烈震動，就像強烈地震來襲，地面彷彿就要隆起。

貓商店的屋頂打開，外頭是一片漆黑的夜空，太空船逐漸飛入靜謐的天空。我大力揮手，向切達、向曾經來過，如今即將離開地球的所有貓咪道別。希望牠們能平安抵達故鄉，並順利解決問題。並希望等那裡重新恢復平靜，牠們會再次回到地球來。

牠們瞬間便飛得好遠，如夜空裡的星星一般閃爍，隨後消失無蹤。我的目光跟著太空船升空留下的軌跡，看著那不是墜落而是升空的流星。謝謝你來到我身邊。我獨自留在殘破的貓商店裡，霓虹燈招牌如今不再閃爍。

那天，全世界各地都目擊了升起的流星。

藍髮的殺人魔

第一個發現現場的人是我。領主班恩大人的頭上插了把斧頭。對，沒錯，在領主大人城堡裡工作的人，都不可能不知道那把斧頭。

當時年輕的領主大人繼承這座懸崖上的城堡剛滿五年不久。即便是聖誕時分，城裡仍一如既往地彌漫著陰鬱的氣息。飽經風霜的外牆污濁骯髒，沿著城牆生長的藤蔓，如古代怪物兇險的利爪，使整座城堡更加陰森。書房所在的城堡頂層，能夠一眼眺望村莊與南邊的大海。而從村裡仰望城堡，卻會覺得那有如監視犯人的守望者高塔。幸好，位在大陸邊陲的這座小村莊緊鄰大海，小卻繁盛。但自前任領主手中繼承領地的現任領主，以同樣沉重的稅賦致使民不聊生。這會是原因嗎？領主之死，比起哀悼，人們更感到好奇。事情為何發生？犯人是誰？峭壁上的城堡裡有幽靈遊蕩的傳聞，究竟是真還是假？

隔壁村莊三天兩頭便舉行魔女審判與處刑，還盛傳外頭某個地方又起了駭人的傳染病，至於這座村子則隨時有年輕女性遭人殺害。村人之間謠傳，環繞村子的森林深處，惡魔與魔女經常聚集，魔女們將丈夫的頭丟進鍋裡煮熟，大口大口吃下肚。即便在這個死亡總是與人為伍的世界，聽說這些駭人的故事與親眼見證人的死去，其震撼程度依舊是天壤之別。那真是令人不忍卒睹的殘酷景象，領主大人圓睜的眼直直地看著我，鮮血將那來自東方的地毯染成一片紅。鮮血從吸飽血的地毯滲出，浸濕了地板，往我所站的方向流了過來。

我雙腿發軟，只能癱坐在地。更不巧的是，我手中的箱子掉落在地發出巨響，箱子裡裝的是用於裝飾聖誕樹的蠟燭、糖果等物品。裝飾聖誕樹是每年這個時節的日常，否則我怎會需要在那個時間前往書房呢？我雖來此擔任一日打雜工，但本職是個廚師。會對這邊陲城堡書房裡的小樹如此用心的，也就只有我一人。

我清楚記得那一刻。箱子裡的裝飾品沾染了鮮血，散落在地面上滾動。你可曾見過染血的雪人、麋鹿與十字架？那一刻的記憶……該怎麼說？

就有如那些沾了血的裝飾物。令人不快且駭人的東西，闖進了極為平凡的時刻。過去我也曾目睹過這樣的場景，當時我看見的只是屍體，但這次有些不同。是的，我看見了犯人的長相。

當時我不知如何是好，只是愣在原地發抖。樹的後方傳出一些動靜，接著一隻白皙的手伸了出來，輕輕鬆鬆便將深嵌在領主大人腦袋上的斧頭拔了下來。之所以能如此輕鬆，是因為那人一腳輕踩著領主大人的下巴，用以做為施力點。她就像將嵌在南瓜上的刀給拔下來一樣，絲毫不費吹灰之力。說實在的，那動作絲毫不拖泥帶水。我雖不熟悉斧頭，平時卻是與和斧頭相似的廚刀為伍，因此我能看出，對方的手法極為熟練。唯有這點我能確定，因為在面對木柴或南瓜這種難以一次劈開的東西時，我的動作也是那個樣子。猛然，我瞧見青綠色的裙襬飄盪。

得知殺害領主大人的犯人仍在屋內，一股前所未有的恐懼襲擊了我。你問我為何沒有大聲喊叫或呼救？那是從來不曾經歷過這種狀況的人才會有的想法。即使腦袋告訴我要跑，我依然動彈不得。某種自書房流瀉而出，黏膩且不祥的氣息將我壓垮，那讓書房彷彿成了與外界不同的時空，甚至讓我覺得自己永遠無法從中逃離。

殺人魔現身，並緩緩朝我走來。雖然我低著頭沒看她，但光聲音就夠令人恐懼了。殺人魔踩在地毯上、踩在深紅色的血液上，啪噠啪噠的腳步聲越來越近。而這個時候，我的目光始終注視著某個從掉落的箱子裡滾出來的東西。那是掛在樹頂的星星，是領主大人的前任妻子以木頭親手削製而成。夫人一直都很孤單，總是用這種方式打發時間。那美麗的黃色星星五個角都染上了血，我覺得很心疼。她是多麼殷殷期盼著聖誕節？在那天，她能看見星星、聖誕樹，還能夠慶祝生日。尤其在裝飾聖誕樹時，她最期待的就是最後放上那顆星星。我想伸手去撿那顆星星，卻實在不敢抬頭。我像被鬼壓床，連一根手指都不能動彈。與此同時，手持斧頭步步逼近的殺人魔，終於停在我面前。她沒有任何動靜，只是靜靜地、靜靜地……

她，我是說殺人魔一點都不像人，反而像是不同的存在。一股知道一抬頭便無法挽回的直覺，及難以言喻的沉重壓力狠狠將我箝制。我能感覺到她正緊盯著我的頭頂，彷彿隨時就要舉起鋒利的斧頭往我頭上劈下，我也只能緊閉上雙眼。

就這樣不知過了多久，我能感覺殺人魔的氣息短暫遠離又靠近。當下的心情，該說是希望自己乾脆昏迷嗎？最後，在這令人窒息的寂靜之中，是我先敗下陣來。我忍無可忍地睜開眼，首先映入眼簾的是擺在地上的斧頭。殺人魔放下了斧頭，彎下腰在我面前不知在做什麼。她紅色的裙襬在我眼前飄盪，起初我以為布料本身是紅色的，後來才知道不是。那本應該是塊綠色的布，卻因為染了血而呈現紅色。被血染紅的裙子，實在沒有比這更老套的怪談了。

我鼓起勇氣微微抬頭，很好奇殺人魔放下了兇器後，究竟是在做什麼，同時我也覺得這是逃跑的絕佳機會。殺人魔彷彿知道我抬頭似的，恰好在這時停下手邊的動作，突然將一個東西塞到我面前。

是那顆星星。

是我弄掉的黃色星星裝飾。她似乎是用裙子擦去了血跡，只見那上頭沒有一絲血漬，是顆非常乾淨的星星……那瞬間，我突然意識到一件事。拿起斧頭的熟練手法、眼前那與腳踝齊高的鞋子，以及沾了血的綠色洋裝，都十分眼熟。

我的心臟開始瘋狂跳動，瞬間像是從麻醉中甦醒一樣，身體終於能夠活動。我吐出了忍耐已久的一口氣，抬起頭來正對殺人魔的臉。你可以說我瘋了，但這不會改變我看到她的事實。我之前已經說過好幾十次，我看見一張十分熟悉的臉孔，那是領主大人的前妻——瑪莉青夫人。用斧頭殺人的傢伙，竟然是文靜美麗的夫人，實在讓人不敢相信，是嗎？我也無法相信自己所見，在原地愣了好久。但我所看見的殺人魔真實存在。那惹人喜愛的藍色鬈髮、如冬日傍晚天空的藍色瞳孔，確實都是青夫人。夫人俯視我的臉孔一如既往，溫柔中帶著些許悲傷，而我接過夫人遞過來的星星裝飾。那一刻碰觸到的夫人，有如儲藏室裡的高麗菜般冰冷。我想說點什麼，卻一個字也說不出來。現在想想，那是理所當然的事。要接受在我眼前發生的事已經夠難了，更遑論是開口說話。

我一接過星星，夫人便再次彎腰撿起斧頭。那青綠色的洋裝、波浪般的藍色鬈髮、地板上飛濺的肉塊與血水，與窗外的白色暴風雪形成強烈的對比。據說那天那場雪，是這一帶睽違十年的大雪。這個畫面超乎現實，令人難以言喻……紅與綠的結合，有如聖誕驚喜的一部分。手持斧頭的青夫人就這樣在我面前轉身，朝著書房深處走去。地毯上開始凝固的血液，在踩踏之下發出令人不快的吱嘎聲。你問我為何不追上去抓住她？我試圖抓住她，我比誰都想抓住她，也想確認她是不是真的。但我脆弱的身心，實在令我心有餘力不足。或許是因為不再緊張，我感覺一陣昏沉，視線變得模糊，隨後便直接失去意識昏倒在地。在我的意識逐漸遠去之時，夫人冰冷的肌膚與黃色星星的觸感，搔癢著我的指尖。隨後發出啪一聲。啪，會是什麼聲音呢？

就這樣，瑪莉青夫人消失了。我們在領主大人的城堡裡找了幾天幾夜，上上下下都找遍了，仍沒能找到她。其實，找不到她是當然的。我知道自己看見的可能是幻影，也知道這番遭遇聽起來實在很不像話。但即便如此，我還是只能告訴你，我把我看到的都原原本本地說出來了。這就是那天的真相，殺害領主大人的，是他的前妻瑪莉青夫人。可是……夫人三年前就死了，她不可能會出現，因為當初發現夫人被斧頭砍得就要身首異處的人也是我。

我真的看見幽靈了嗎？死人真的可能殺死活人嗎？但即便那真的是死去的青夫人，夫人又怎會成為這種惡靈？在變成那樣之前，我要先……不，沒什麼。不覺得實在太悲傷了嗎？就我所知，青夫人生前可是領地內最美麗、最有智慧的人。

……我好想她。

被森林環繞的臨海小村莊，一名年輕漁夫與他的妻子生下了一個孩子。孩子比預期要早一個月出生，急忙上門協助的產婆很擔心孩子能否存活，幸好以早產兒來說，剛出生的孩子算是相當健康。生產十分順利，產婦並沒有遭遇任何困難。窗外正靜靜下著鵝毛大雪，這對夫婦的老友，烘焙坊的主人趕忙來到，祝福這個清新可愛的孩子誕生。

這是個挨餓之人遠多過受祝福之人的聖誕節。接連不斷的颱風遇上荒年，村子裡的氣氛無比慘澹。烘焙坊主人將這個克服所有不幸與災害的生命抱在懷裡，孩子就像才剛出世的小動物。當那陌生的存在不是在父母，也不是在產婆的懷裡，而是在自己懷裡停止哭泣時，他被一股奇妙的心情席捲。希望在這充斥疾病與邪惡的世界，這孩子能堅韌地生存下去，他代替牧師禱告，打從心底如此盼望。

產婦終於回過神來，詢問烘焙坊主人要給孩子取什麼名字才好。烘焙坊主人苦心思量，想為懷中的孩子取一個比誰都要有意義的名字。他注意到桌子中央的籃子，以及擺放其中的麵包。那是幾天前，這對夫妻到他那買的麵包，不知不覺已經發霉。

黴菌。

在烘焙坊與村子的各個角落，黴菌無所不在。無論如何打掃、使用何種藥物，黴菌都只會暫時消失。它很快會再度出現，並擴張自己的領域。在烘焙坊主人所知的事物中，那是最強悍、最有韌性的生命力。而他也希望這孩子能如此。人生在世，可是一點都不容易。況且，這可是個農荒、漁荒、生意荒，戰事連連犯罪頻傳的世界。即便如此，他仍希望無論面對何種妨礙、威脅與痛苦，孩子仍能夠堅忍不拔。如神啟一般，烘焙坊主人嘴裡吐出了一個字——

「青。」

他無法將這名字取自青黴的事告訴這對夫婦。而恰巧也是在這時，他看見窗外的夜空，平時幾乎是一片漆黑的天空，在厚厚的白雪與明亮月光映襯之下，發出青色的光芒。

「不知是不是因為積雪，今晚的夜空特別藍，就叫青如何？」

夫婦非常喜歡這個名字，而烘焙坊主人也為想出這個名字而自豪。於是這孩子便有了瑪莉青這樣一個名字。一直到好久好久以後，到這對夫婦都已經死去、青從世上消失，成了藍色鬈髮魔女的象徵時，都只有烘焙坊主人知道「青」並不是源自夜空，而是源自青黴。

時間就要來到午夜。距離聖誕節過去，只剩不到三十分鐘。產婆與烘焙坊主人喝完漁夫珍藏的紅酒，在微醺的狀態下帶著愉快的心情離開。這對夫妻居住的老舊木屋裡，只剩下漁夫、妻子與青，以及長滿青黴的麵包。將孩子放在身旁，妻子沉沉入睡，微醺的漁夫則煮著隔天要給妻子吃的粥。窗外的大雪絲毫沒有要停歇的模樣，妻子平安產女的消息只為他帶來短暫的喜悅，一想到今年農作歉收，一天只能勉強吃上兩餐的日子，丈夫便心亂如麻。既然孩子出生，接下來會有好一段時間得花上更多錢。船上的活賺不了幾個錢，他是否該去找新的工作？聽說領主的城裡缺幹活的人手，但領主殘酷又兇暴，這也是他年年都以不像樣的比例調高稅金，卻沒人敢吭一聲的原因。就在漁夫想像自己必須肩負起一家人的未來時……

砰、砰、砰。

頂著這場大雪，不知是誰來到他們的木屋。擔心會吵醒妻子跟孩子，漁夫趕緊往門口走去。掛上防盜環開了門，外頭是一名穿著黑色斗篷的老婦人。隔著門縫，老婦人對漁夫說：

「我餓了好多天，什麼都沒吃。原本正在穿越這場大雪，卻聞到好吃的味道，便來到了這裡。能不能分點吃的給我呢？」

漁夫短暫遲疑了一會兒，便決定讓老婦人進門。雖然並不寬裕，但總不能不理會行將就木的老婦人。他讓婦人坐在桌旁，並端出了剛才為太太熬煮的粥。三兩下吃完那碗粥，婦人看著妻子與青所睡的房間問：

「你一個人住嗎？」

「我太太已經睡了。她今天才剛生了個孩子。」

婦人問孩子取名了沒，漁夫一邊在客廳一角張羅讓婦人休息的空間，一邊將烘焙坊主人取的名字告訴她。才剛鋪好毛毯起身，漁夫便發現婦人不知何時把臉湊到他面前。剛才婦人彎著腰時，漁夫還以為她的身材矮小，現在一看才發現，她竟比想像中要高大。老婦人連珠炮似地對漁夫說：

「這孩子有著如波浪一般的藍色鬈髮與藍色的眼睛，將會出落得十分美麗。她會在眾人的寵愛之下長大，但駭人的孤獨在等著她。未來，她的雙手將會沾上無數的鮮血。她會砍下丈夫的頭顱，在黃泉徘徊。」

那是惡魔低聲的詛咒。惡魔嫉妒這個應要祝福眾人、受眾人祝福的孩子，因而降下詛咒。黑色斗篷之下，老婦人的眼睛發出亮光。漁夫這才驚覺，他讓不能進屋的東西進門了。人都說燈座下就是比較黑，撒旦總會看準人類沉浸在喜悅與幸福中，趁著人們掉以輕心的時候闖入。在漁夫高喊出聲之前、在他禱告之前，老婦人便轉過身，一溜煙離開了木屋。漁夫將聖經與十字架擺在老婦人離去的門前，徹夜向神禱告。隔天，妻子與孩子醒來之後，他則像什麼事情都不曾發生一樣，一如往常地生活。

夫婦全心全意用最好的愛養育青。孩子日漸長大，開始會翻身、會走路，會喊媽媽、喊爸爸。青出生後沒多久，烘焙坊主人也有了孩子。那是個男孩。這次，則由青的家人來為他取名。正值盛夏時節，豐饒的季節令眾人幾乎遺忘才剛遠去的荒年，夫婦便替麵包坊主人的兒子取名為夏。兩家人交情甚篤，過得就像一家人那樣親密。孩子們都如正午的陽光般明亮開朗，連小病都不曾患過。

青出生之後，他們一家的生活一片欣欣向榮。丈夫的漁獲、妻子做來販售的手工藝品都很順利。就連偶爾在村子裡流傳的傳染病，也不曾影響青與家人。有了孩子的家充滿活力，哭泣與歡笑聲接連不斷。夫婦希望這一刻能持續到永遠。就這樣逐漸遺忘那不速之客所留下的詛咒之時，漁夫又突然想起那如惡夢般的夜晚，開始擔驚受怕。

接二連三且超出一定程度的幸運，總會使人坐立難安。不知從何時起，漁夫便開始擔憂累積的不幸可能一次撲向他們，這樣的念頭致使他夜不成眠。那不安宛如蟄伏在黑暗中靜待時機的猛獸，在青開始留起長長的頭髮時露出真面目。那是青過完十歲生日後的某一天。結束一天的工作，帶著好心情返家的漁夫，看見正與妻子一起編漁網的青。她的頭髮已經長到腰際，在夕陽餘暉的照耀之下，他發現青那烏黑的頭髮竟隱約閃爍藍色光芒。

這孩子有著如波浪一般的藍色鬈髮與藍色的眼睛……

老婦人那塵封的詛咒閃過腦海，漁夫這次依然選擇甩了甩頭，忽視那股不安。

青的頭髮就如老婦人所說逐漸變色。有時如被微風吹起的浪一般輕盈，有時則如暴風雨即將來襲的大海一般洶湧。眼睛也是一樣。那原本與夫婦極為神似的淺褐色瞳孔，隨著年紀增長逐漸轉為藍色。那神秘的光芒，也使青身上開始環繞著前所未有的奇特氣息。總跟青玩在一起的夏看見她這樣的轉變，忍不住以為她是古老神話裡的妖精、是神……是那超越一切的存在。青一如往常地歡笑、玩樂、幫助家裡幹活，然而看著青逐漸改變的人們，心裡卻有了不同的想法。

日子越久，青的頭髮與眼睛便越藍，人也越發美麗，村人之間卻開始流傳令人不快的謠言。於是青將頭髮染色並戴上帽子遮掩，眼睛的顏色卻怎麼也遮不住。村人竊竊私語，認為肯定是青的母親外遇所致。有人則質疑，青小時候可是有著跟父母一樣的淺褐色瞳孔，這是所有人都親眼見證的事實。隨後又有人答，那就表示青的眼睛變色了。竟然發生這種不像話的事，那不是魔女才可能辦到的嗎？

烘焙坊主人也知道這些與青有關的傳聞，他心裡很是自責。彷彿是他替女孩取名為「青」，才會發生這種事。漁夫同樣也感到混亂。人們說青身上流著魔女的血，他便想起那天老婦人的詛咒，沒來由地擔心青真的會成為魔女。漁夫開始一改往常的態度，用極為嚴厲的方式對待青。他開始不讓青出門，並要求她出現在人前時必須戴上頭巾遮掩頭臉。只消一瞬間，女兒在他心裡便成了陌生人。

青非常愛自己的家人，因而十分聽從父母的話，但必須承受那些盯著她的視線，且大部分時間得待在家中，都令她感到十分痛苦。對越來越孤單的青來說，唯一能帶給她力量的，就只有烘焙坊主人的兒子夏。夏對她的態度並沒有變，總是天天來找青一起學寫字、讀書，更會用店裡帶來的剩餘麵包做美味的料理。夏在領主的城裡當廚師助手賺錢，並希望有一天能離開村子，去學習更多不同的料理，更希望青能跟他一起去。

青思考起自己想做些什麼。她沒有料理的才能，卻很享受將夏的料理妝點得更加可口。只要有機會獨處，她就會從挑出一根木柴來，用削馬鈴薯的刀將木材雕成各式各樣的東西。從家族的臉孔、小貓、魚、花、樹到星星，雕好之後，她會用很久以前夏買給她的顏料上色。完成之後，她會在自己生日那天，用這些裝飾品來裝飾聖誕樹。青想，她想做很多這些裝飾品，既然大家都說好看，那她是不是就能做一些來賣？她開始想像，自己站在穿著廚師服的夏身旁，跟他一起裝飾店面的模樣。接著，她突然意識到再過一陣子就是夏的生日了。

她準備買一把好用的刀。曾經，她從某處聽說，廚師會把隨身攜帶的刀看成是自己的一部分。因此她打算在握柄上刻下名字，她想在那把好刀上，親手刻上夏的名字。聽說下週，隔壁村子將會舉辦盛大的慶典，如果跟夏一起去那裡，想必會非常開心。那天晚餐時，在青開口之前，夏便主動邀她去參加慶典。青開心地笑著說好，笑容如盛夏陽光下波光粼粼的水面一般耀眼。

慶典上聚集來自各地的商人，販賣各種珍稀物品。趁著夏短暫離開，青在每一個攤位之間穿梭，試圖尋找要送夏的禮物。只可惜，她並未如預期地找到合適的東西。她看上的刀太貴，最後只能以一條小項鍊代替刀。原來廚具是這麼昂貴，青只能難過地前往跟夏分開的地點。就在這時，坐在巷子一角一張小桌子邊，戴著黑色兜帽的女子叫住了她。

「那邊那位藍頭髮的小姐。」

乍看之下，對方似乎是以卡牌為人占卜的占卜師。

「我免費幫妳算命，妳來這坐。」

這時夏正好也來到附近，便要青去試試看。青一下子坐到占卜師面前，並依照對方的指示抽了幾張卡。占卜師仔細看了看卡牌、青的臉孔，甚至還看了夏一眼。隨後便像是下定什麼決心似地深吸了一口氣，這讓青莫名地坐立難安。不知為何，她覺得這名女子有點眼熟。占卜師做了個手勢，要青靠近一點，並用只有青聽得見，一旁的夏聽不見的聲音，在青耳邊低聲說出占卜的結果。

「要是出現了被禁止開啟的門，請妳務必打開，那才是妳唯一的活路。」

青糊里糊塗地起身，夏握住她的手問：

「結果如何？」

「她要我開門，就這樣。」

她沒把占卜師的最後一句話說出來，因為那實在很不祥。什麼叫做活路？那不就好像她一定會死嗎？夏說那占卜師真是個亂騙人的江湖術士，青也跟著重複他的話。是啊，真是個愛騙人的江湖術士。

青很快忘記那不祥的占卜結果，跟著夏一起走在夕陽西下的慶典街頭，找尋送出那條項鍊的好時機。在父親的限制下，青很少有機會出來外頭，而夏也經常說些有趣的事情給她聽。他在山丘上領主的城裡幹活，總能聽到許多新鮮事。

「青，妳知道嗎？這裡很快就要換領主了。雖然大家都不說，但其實醫生說了，領主可能撐不過這個月。而到鄰國留學的領主兒子似乎就要回來了，他應該會成為新的領主吧。我聽別人說，他非常年輕。現在的領主沒做過什麼好事，希望新領主會不一樣，而且他好像要選新的侍從。」

「要不要我也去領主城裡幹活？」

夏想了想，答道：

「好啊，那我們就能一起做事了。聽說整座城都要重新翻修。妳雕刻的手藝那麼好，又很有美感，負責城裡的裝飾怎麼樣？到時肯定會有很多珍貴又美麗的物品，我去幫妳打點一下。」

雖然一開始沒多想，但實際說出口之後，青才發現這似乎是個不錯的提議，畢竟她不可能一直跟在父母身邊打雜。回家路上，直到分開之前，青才把項鍊拿給夏。本來就容易因為一點小事掉淚的夏，這次也落淚了，嘴裡不斷重複說這項鍊他要戴在脖子上，一輩子都不拿下來。兩人就站在小木屋前，親吻彼此的臉頰道別。那一刻彷彿就是永遠，沖淡了令青感到不快的廉價占卜。

站在小木屋前的兩人結束親吻，才突然發現屋內實在太安靜了。母親到下面村子的奶奶家去，但父親應該在家才對，沒想到裡頭不僅沒有動靜，甚至沒有點燈。青小心翼翼地將門推開走進屋內，夏則跟在她身後。一邊找燈一邊喊著父親的青，突然踢到了一個東西，是她父親倒臥在地。

積累的不幸就如漁夫所擔心的一樣並未消失，而是一個個接踵而至。看著尚未恢復意識的漁夫，醫師診斷這是一種半身麻痺的病症。醫師說還活著已經是不幸中的大幸了，症狀不知何時會繼續惡化，需要持續以藥物治療。幾天後，漁夫好不容易才睜眼，卻發現左半邊的身體絲毫動彈不得。

藥錢相當驚人。由於本就是漁夫在負責一家人的生計，因此當他倒下後，別說是藥錢了，就連生活都難以維繫。即便青與母親做手工藝品販售，賺來的錢也有限。村裡的人更認為漁夫之所以倒下，都是因為青是魔女，因此母女倆的生意並不好。雖然夏的家人提供不少協助，卻還是無法完全依賴他們。青需要錢，也因此她去應徵了領主城裡的工作。

工作的時候，青反倒能忘記現實的困苦。她在這雄偉氣派的城裡貼壁紙、擺放來自遠方的瓷器、將畫作掛在城裡各個角落，用盡心思將整座城堡打造成世上最美麗的地方。休息或用餐時間，她都會跟夏待在一起。管家很中意青，最重要的是她很勤快也很有美感。不久前那個沉默寡言的新領主，看到變得比以往要美麗許多的書房，甚至還開口詢問負責裝飾擺設的是誰。其他侍從都將村裡流傳的、說青是魔女的可笑謠言當作笑話，一點也不在乎。這樣的迷信，本就是愚昧無知之人在信的。

這天，城堡的修繕工作終於結束，村子外圍的貧民區也傳出一名女性遭到殺害的消息。要說有什麼特別之處，那就是那名女子的一撮頭髮被剪了下來。然而在當時，這樣的死亡人們早已司空見慣，因此絲毫沒有人在意。只有城裡那些無聊的侍從，把這當成打發時間的傳聞來討論。青從管家那裡接獲正式在城堡裡工作的邀約，興奮地看著由自己一手打理的這座城堡。只要她成了裝飾整座城堡的負責人，未來就不需要再擔心父親的藥錢與三餐了。其中，青最滿意的地方便是書房。雖然領主幾乎不會去書房，但裡頭有著古老的書籍、高貴的水晶吊燈，那些都與她親自挑選的壁紙極為相稱。

最重要的是門，是書房的那道門。

書房的深處，有一道引人注目的雄偉藍色大門。從結構來看，書房不可能與其他房間相連，怎會在這種地方做了一道門呢？打開那扇門，是否就能弄清它為何會在這裡？明知道那門根本打不開，青卻還是握住了門把。青在這裡工作時，從來不曾見過年輕的領主，因此她根本沒有料想到都這麼晚了，才剛結束工作從外頭返回城裡的領主，竟不是直接回到臥房，而是來到了書房。就在她握著門把試圖開門時，一個低沉的嗓音伴隨著腳步聲從身後傳來。一隻冰冷的手搭在青的肩上，讓她驚嚇地回過頭。是領主站在她身後。

「妳是誰？」

青低著頭，說她是負責裝飾書房的人。瞬間，她戴在頭上的絲巾鬆開來，包在裡頭的藍色長髮散落，如波濤大海一般的頭髮顯現在領主眼前。留學時期，領主便四處尋找能配得上自己的美麗夫人，如今從青的身上，同時看見了她的耀眼、淒涼與憂鬱。而這一切結合在一起，使得青在他眼裡散發前所未見的奇特與美麗。領主回想起過往失敗的選擇，並以為他終於找到自己注定的伴侶。他告訴青說，自己就是為了遇見她，才會經歷無數次徒勞的姻緣。但那一刻，青迎上領主的目光後所感受到的，僅僅只有恐懼。從頭到腳穿得一身黑的領主，身上還發出微微的腥味……那與夏前一天晚上處理牛肝時發出的血腥味極為相似。慶典上遇見的那名占卜師所說的預言，瞬間閃過青的腦海。青推開正撫摸著自己頭髮的領主，匆匆逃離書房。

領主緊盯著青迅速消失在黑暗中的背影。直到再也看不見青之後，他才轉頭看著書房裡的那扇門。藍色大門，父親總用這扇門來測試他。在父親恐嚇他說絕對不許開啟這扇門之後，便刻意將鑰匙插在門上。父親就是丟下了魚餌，靜靜等著年輕的兒子自己上鉤。

領主翻找書房的抽屜，找出那把鑰匙。鑰匙很順利地插進門鎖中，咯噠一聲便把鎖打開了。父親已經去世好久，但他站在書房那扇藍色大門前仍會感到緊張。領主深吸了口氣，隨後一鼓作氣把門打開。眼前出現的，是根本還未完工的城堡石牆。眼前只有一道石塊層層堆疊的深灰色石牆，其餘什麼也沒有，就只是這樣一扇普通的門。領主乾笑了一聲，並重新將門鎖上。他坐在書房裡，想起剛才站在門前那名藍髮的女子。領主夫人的位置似乎空了太久。

一星期後，領主要找新夫人的消息傳了開來。年輕富有的領主接二連三接獲求婚，他卻冷淡以對，因為他所想要的人並沒有出現。為挑選夫人，領主接連舉辦派對，期間卻發現前往參加派對的商人之女，以及城堡所雇用的馬夫之女雙雙死去。跟在街頭發現的第一位受害者一樣，她們有一撮頭髮被剪去。

派對結束後不到三天，領主便親自前往青的家中向她求婚。將求婚戒指遞給青的領主，身上的血腥味比以往更加濃厚。青讓他看了與夏一起訂做的銅戒指，告訴他自己已心有所屬。

「這事情根本不成問題，因為我在回來之前也有其他的夫人。」

領主平靜地看著青所居住的老舊木屋，以及半踏入棺材的漁夫，告訴青說他會負起責任照顧他們一家人。在青答應之前，母親便哭著跪倒在領主面前。領主下了馬，靠到仍猶豫不決的青身旁，低聲說道：「如果把妳戀人的眼睛挖掉、雙手砍掉，讓他再也無法看妳、碰觸妳，妳會接受我的求婚嗎？」青才意識到，自己無法逃離這場災難。

消息很快便傳開了。低賤的魔女誘惑年輕領主的謠言，從這座村子傳到那座村子、從那座村子傳到海的另一端。以訛傳訛的扭曲故事裡，青有如惡魔的侍從，是低賤且邪惡的女人。青看見自己結婚那天，在會場被眾人扔石頭的幻象，而幻象中那些辱罵、詛咒自己的人之中，也有曾經跟她約定攜手共度未來的夏。

瑪莉青就這麼成了領主夫人，婚後第一晚，躺在床上看著床頭的斧頭，她下意識地伸手，還沒碰到握柄便被領主所制止。

前任領主，也就是現任領主的父親巴利克爵士，征戰沙場三十年，砍下九百九十九名敵人的頭顱，贏得戰爭的故事，對這座城裡的人來說有如聖經。或者該說……像是一把死神的鐮刀。（不過，會在戰場上一一去數自己砍了多少顆頭，不覺得有些好笑嗎？）每當城裡有下人犯錯，性情乖戾的巴利克爵士便會使用斧頭懲罰。就連在訓誡年幼的兒子時，他都會用上那令人毛骨悚然的武器。這些都是過去在城裡工作的人流傳下來的故事。在這種激烈教育方式下成長的領主，哪有可能正常呢？他也與他的父親無異，只是平時卻再溫柔不過。他有屬於自己的規則，例如喝茶時一定要使用畫有玫瑰的茶匙，或是未經允許絕不能打開書房裡的那道門等等，都是些相當枝微末節的規定。違反規則時，他會與前任領主一樣舉起斧頭。對待已故的青夫人，他也是如此。雖然他不會真的使用斧頭，但被那陰森的斧刃所威脅，任誰都會害怕發抖。不知是不是因為青夫人並非貴族小姐，而是來自農家的村姑，總是特別容易犯錯。領主大人是被那藍色的頭髮以及有如大海一般的雙眼所迷惑，並主動向她求婚，但當兩人開始一起生活之後，他便看青夫人的一切都不順眼。

領主大人總是在外。就我所知，留學時他就已經有好幾位夫人了，似乎是有六位吧。不知那些是他的情人還是夫人，但最終都沒跟著他一起回來，也大概能猜測他們的感情有怎樣的結局。夫人很孤單，日復一日在院子裡砍樹、製作樹用的裝飾品。一年之中，除了聖誕節那一天之外，她天天都在做樹裝飾品。跟夫人共度最多時間的人或許不是領主大人，而是廚師吧。由於領主大人大多數的時間都在外頭用餐，因此用餐時間都只有青夫人與負責的廚師兩位而已。偶爾領主大人會在城裡用餐，但也不會跟夫人一起。所以……夫人與廚師日久生情，也是理所當然之事。最後，就發生了那件事。

那天，領主大人喝醉了酒，比平時要早返回城裡。青夫人則一如往常與廚師一邊談天說笑一邊用餐。他們絲毫沒有理會領主大人那些瑣碎的規則、貴族的用餐禮儀，自由且輕鬆，看上去還十分幸福。看在領主大人眼裡，那似乎是噁心至極的畫面。領主大人將廚師趕出城堡，並把還沒用完餐的夫人給拖進房裡。隨後一如既往地拿起斧頭對準夫人的脖子，開始大發脾氣。雖然這些行徑都與平時無異，但唯一的問題就在於，那天他是喝完整整一瓶紅酒才回來的。喝醉酒的人，怎可能穩穩地拿住手上的東西？夫人被他往牆邊一推，他拿著斧頭的手也滑了一下。那逕自脫離他掌控的斧頭，似乎是就這麼砍中了夫人的脖子。因為我也不在現場，所以不清楚哪些是真的，不過……青夫人就這麼死了。這是個可怕的意外，也可以說不是意外。

之後，便開始有許多人說在城裡看見夫人的幽靈。廚師暫時休息了。說好聽是休息，其實跟離開沒有兩樣。可不知他是抱持什麼想法，三年後竟然回到城裡來，說想親手為領主大人製作聖誕餐點，甚至還問說他能不能幫忙裝飾聖誕樹。當時人手不足，因此實在沒理由拒絕，可偏偏就在那天，受到祝福的白色聖誕那天，發生了那起駭人的事件。

我能理解，廚師某種程度上是在胡說八道。後來我才知道，死去的青夫人結婚前就與廚師關係非常好，也是因為這樣才會被領主大人懷疑。偏偏就在夫人生日，也就是聖誕節那天，廚師回到城裡來，而且也是他在書房發現遭到殺害的領主大人。時機真會如此剛好嗎？況且……兇器一直沒有被找到。廚師主張兇器是那把斧頭，可斧頭當時在隔壁村子的鐵匠手裡。由於握柄底部的裝飾寶石脫落，再加上斧刃也有些鈍了，便送去鐵匠那打磨兼修理。是我親自送去給鐵匠的，這是因為那處理起來很繁瑣，我們這裡沒有能處理的人。所以說，殺害領主大人的兇器是那把斧頭的事，要不是廚師的錯覺，就是他刻意說謊。因為斧頭不可能有兩把。但真的很奇怪，都什麼年代了，竟然還有人說看到幽靈……這哪有可能啊？

聽了他說的話之後，我們找遍了整座城堡，卻連一根藍色頭髮都沒找到。就說是廚師受了太大打擊，所以才會看到幻象。啊，書房裡的那個房間嗎？那房間沒有鑰匙，從很久以前就是這樣。鑰匙一直在領主大人手上，殺人魔不可能經由那扇門逃走。好奇我怎麼會這麼確定？你沒看過這座城堡的設計圖嗎？書房位在頂層的最深處，裡面那個房間其實緊貼著城牆。就算把門打開，也只有一道城牆會直接通往懸崖。那扇門之後根本沒有房間，所以要大家絕對不准打開書房內那扇門的規定，可以說是一種試煉。領主大人想測試夫人是否會聽從自己的話，也想知道她能不能戰勝好奇心，就像前任領主所做的那樣。

✦

領主大人訂出了許多瑣碎的規定，其中他最為強調的只有兩項。第一是不得任意碰觸神聖的斧頭，第二……

「絕對不能打開這扇門。」

「外頭不是牆壁嗎？這裡根本不可能有房間。」

「這裡有扇門，門又有鑰匙，就一定有它的理由。」

第二就是絕對不能打開書房裡的那扇門。

青很努力想遵守領主的規定。因為她害怕領主身上不時飄散的血腥味，也害怕每當有人違反規定時，領主便會拿來威脅眾人的那把斧頭。青的婚姻生活充斥恐懼與孤獨。在領主身邊時她感到恐懼，領主不在時她又感到孤單。她無法任意外出，成天只能為了配合領主的喜好和標準，做一些無聊的訓練以讓自己符合禮節。偶爾，當她在城裡遇見夏時，夏會主動垂眼不看她。他們已經無法再像過去那樣自在相處。孤單總是使青停留在過去，她一再回味不會再從頭的季節，日復一日。而當領主回到城裡，她也回歸現實之時，她便會意識到，那樣的季節將不會再來。每到這時，她總會想起那天的占卜。要打開那扇被禁止的門，妳才有活路。

青待在城裡的時間，不是在書房裡讀書，就是在做雕刻。那是距離聖誕節沒剩多少日子的秋季尾聲，也是秋收感恩節。青與領主結婚那年，是嚴重歉收的荒年，挨餓的人需要一個埋怨的對象。一天，她從書房裡拿書出來，恰好聽見侍從們竊竊私語。他們正在說村裡的年輕女子持續遭到殺害的事，說每個遇害的人都被剪走了一撮頭髮，自從青色頭髮的魔女跟領主結婚之後，不祥之事便接連發生。

直到侍從走遠之前，青都只能躲在漆黑的書房裡。她看著面前那扇被禁止開啟的門，上頭還刻意插著鑰匙。轉動門把將門打開，會不會就能改變什麼？但若什麼事情都沒有發生，後頭只是一面灰色的牆呢？無論人在何方，彷彿都在監視著自己的領主若知道了這件事，再度拿起斧頭來威脅她該怎麼辦？開門真的有意義嗎？就在她好不容易將手從門把上移開時，背後傳來一個熟悉的嗓音。

「青，沒事吧？」

是夏。這是兩人在青結婚之後第一次交談，也是她日思夜想的安慰。

「妳別去在意那些無知的人說的話。」

夏說這些話時，並沒有看著她的眼睛。現在是白天，領主到隔壁村子去辦事了。夏來跟自己說話這件事，讓青忍耐已久的淚水終於爆發。夏蹲著安慰哭泣的青，青看見掛在他脖子上的那條項鍊。那是她送給夏當生日禮物的項鍊，他曾經誓言終生都不會取下。

每當領主外出，兩人便會待在一起。他們像以前一樣一起吃飯、讀書、聊天、做木雕。青不再像以前那麼孤單，卻總被莫名的不安所困擾。她戰戰兢兢，不知何時會被丈夫發現，同時也覺得眼前的夏隨時都可能離自己遠去。夏把外頭的事情告訴青。例如烘焙坊主人為了清除青黴，不知用抹布擦了多久，例如教會裡的牧師講道時說錯了什麼話，例如村裡又發生了什麼意外，像是早上在水溝裡發現了女人的屍體，還有一撮頭髮被剪下。

聽夏說著這些事，青突然感到一絲異樣。發現女人屍體的日子，總與丈夫出門辦事的日子重疊。深夜返回城裡的丈夫，身上總飄散著一股幽暗森林裡的潮濕氣味，其中還參雜著有別於大海，令人感到不適的腥臭味。就在前一晚，她才剛剛經歷過同樣的情況。

丈夫出差的日子，總會有女人死去。他是年輕有為的領主，沒有人會懷疑他，反倒是被人們稱為魔女的妻子才是遭到責怪的對象。若真是如此，有什麼方法能擺脫這種情況？青很害怕。她既害怕又孤單，即便跟夏在一起時，這樣的不安能稍稍平息，可最根本的原因始終沒得到解決，她只能一再重複這樣的痛苦。承受著這樣沉重的不安，終於使青做出了決定。

那天，丈夫到隔壁村子出差並順道舉辦派對。過了午夜便是聖誕節，青想起多年前那名占卜師所說的話，便悄悄往書房走去。她得打開那扇門、她必須打開那扇門，她不斷告訴自己。她能清楚看到那扇門上插著鑰匙，顯然是刻意的。她知道丈夫每晚都會進書房，去確認青是否開啟過那扇門。門縫裡插著一根小小的羽毛。青低聲說：

「既然想測試我，那我就讓你測試吧。」

她將耳朵靠在門上，聽見裡頭傳來轟隆隆的聲響。裡頭應該什麼都沒有才對，這還真是奇怪。難道是其他樓層的聲音，沿著牆壁傳上來嗎？但深夜的城堡可是安靜得令人毛骨悚然啊。青閉上眼深吸了一口氣並將門打開，聲音更清楚地傳入她的耳裡。睜眼吧，一、二、三。

青看著門後的空間，眼前不是石牆也不是峭壁，而是書房。跟她所在的書房一模一樣，彷彿存在於鏡子中的另一間書房。難以置信的光景令她失了神，下意識地走進那扇門中。她穩穩踩在地面上，手所碰觸到的書籍都發出熟悉的紙張味道。那不是幻象，也不是錯覺，是真實存在的空間。

這是怎麼回事？我在做夢嗎？

青穿過了門後的書房，離開房間來到走廊上，透過窗戶往外一看，太陽正要西下，外頭不是凌晨而是傍晚。院子裡的樹上，擺滿了她自己做的裝飾品。那是聖誕節時，她與夏一起裝飾的那棵樹。城堡一如既往地陰鬱，但四處都擺放著只有聖誕節時才會出現的裝飾品與蠟燭。就在這時，一陣慘叫聲劃破空氣，響遍整座城堡。

青往騷動發生的方向走去，路上遇到了幾名傭人，他們卻都露出不敢置信的神情。其中一人拉住青，問她：「不是稍早還在廚房嗎？」青甩開他的手，逃命似地離開現場。慘叫聲是自廚房傳來，青躲在柱子後面，看著眼前那令人不敢置信的場景。

發出叫聲的不是別人，正是自己。稍早她似乎正與夏一同享用晚餐，桌上還擺著火雞、燉海鮮、搭配起司的麵包與紅酒杯。領主怒火中燒，抓起桌上的夾子一扔，並把夏趕出城堡，再揪著自己的頭髮，把自己給拖往房間。領主平時便經常丟東西發洩怒氣，卻從來不曾如此激動。青站在門後，預料到接下來將會發生駭人的慘事。

青以將要面對地獄的心情上樓，透過非常窄的門縫往房間裡看。她看見自己輕易地被領主壓在牆上，而領主也一如往常地拿起床頭那把斧頭……揮舞著。那並不像平時，不是僅止於威脅的揮舞，她還來不及做些什麼，那把斧頭便砍向自己的脖子。她聽見啪嚓聲傳來，青目睹了自己的死。甚至還有那麼一瞬間，她似乎與自己視線交會。那一刻，門後的自己脖子朝詭異的方向一歪，鮮血噴濺而出。站在門後的青很清楚，那就是她的未來。

領主以空洞的雙眼俯視著即將死去的自己，隨後他跪了下來，用斧頭割下一撮她的頭髮。跟了她一輩子的藍色頭髮，就這樣無力地與她分離。領主將頭髮打了個結，輕吻了一下便轉身往房門走來。

青趕緊躲到門旁的石像後方，只見領主渾身是血，歪歪扭扭地走上階梯。他正往書房走去，青悄悄跟在他身後來到書房，領主打開書桌的第一個抽屜，拿出一個小盒子，並將那撮藍色頭髮放了進去。像在對待什麼珍寶一般，動作極為輕柔。領主癱坐在沙發上，渾身是血地倒頭睡去時，青再度來到書房的藍色大門前，逃命似地開門越過那條界線。

回到原來的世界，青背靠著門不斷喘氣。她想將這當成惡夢，但在門後的世界所目睹的那起事件，實在是栩栩如生、太過鮮明。而其中所發生的事，便是另一個自己的經歷，更是這世界的自己將會經歷的未來。青雙手發抖來到書桌前，打開了第一個抽屜。在門後的世界所看見的盒子，靜靜擺在裡頭。她用盡力氣想把盒子打開，但沒有鑰匙便無法開啟。思緒混亂的青，看見夾在盒子鉸鍊處的一根絲線。她開燈仔細觀察那只箱子，才發現本以為是絲線的東西原來是根頭髮。不知是誰的頭髮，但能看見它又紅、又黃、又黑。青終於確定，自己在門後所看見的，既是駭人的真相，也是即將發生的未來。而藉著開啟那扇門，她將能夠改變些什麼。

她必須改變未來，她不能死在領主手上。為此，她必須盡可能窺探更多的未來、掌握更多可能的變數。她再度站到藍色門前，再度把門打開並跨進門內。第二次穿越那道門後，她一抬起頭，便看見領主剛從書房離開的背影。她看著書房桌上的月曆，時間是三年後。那麼，現在自己已經死了嗎？青明白，門並非只會帶她到一定的時間段。這就像個抽籤遊戲，門後存在著無數的時間段，而自己存在於每一個時間段裡……

她正想追上領主，卻聽到一個再熟悉不過的聲音。

「青。」

一陣不安從頭到腳傳遍全身，青轉頭看向聲音的方向。那聲音來自樹下，脖子上插著一把斧頭的夏，正不斷流著鮮血，很快就要死去。

「夏。」

青不斷否認眼前所見的畫面。這是門後的世界，這不是現實。她越過那扇門，可不是為了來看這些，她跟夏的未來不能是這樣。令人茫然的混亂終於平息，一陣驚人的憤怒湧現。青來到雙眼已經失焦的夏面前，跪了下來並替他闔眼。她摸了摸那雙冰冷的手，一陣寒意遍及全身，令她不住直打哆嗦。為了壓抑尖叫的衝動，青費盡了力氣。這不是現實，這不是現實。

這裡是門後的世界。

她再度起身，用顫抖的雙手將插在夏脖子上的斧頭拔了下來。那斧頭實在陷得太深，無法一次就拔下來，她必須再用點力。在那過程中，夏的頭晃動得更加厲害。真希望早日從這場惡夢中醒來，只要越過那道門便能逃離這一切，這樣她就能改變自己的現實、改變真正的世界。一定會改變的，但在那之前……

青下定決心，她不會就這樣回去。無論如何，在這個世界，自己與夏遭到殺害。是領主下的手，用他的那把斧頭。就在她好不容易拔出了斧頭，並將其握在手裡時，她的綠色洋裝沾滿了鮮血。書房外有動靜，有人走了進來，青躲到樹的後方。是領主，領主俯視著死去的夏。他微微皺眉，並掏出根菸叼在嘴上。青知道那個表情，那是他嫌煩的樣子。抽完一整根菸，領主突然環顧四周，喃喃自語道：

「斧頭去哪了？」

斧頭在青手裡。領主翻動夏死狀悽慘的屍體尋找斧頭，青則靜靜來到領主身後。接著她用盡所有的力氣，像領主在第一個世界對自己做的那樣，毫不猶豫地拿斧頭朝他的腦袋砸了下去。領主就這麼死去，青則透過自己的雙手深刻體悟到，自己能夠介入門後的世界。領主倒下，燈火翻倒，地毯與書本著火。書房與兩具屍體瞬間被火焰吞噬，青一邊擦著噴到臉上的血一邊喃喃自語。

「這裡只是門後的世界，回去有夏的世界吧。」

於是她再次打開藍色大門，門的另一端是沒有火舌肆虐，依舊陰森的書房在等著她。

這裡是原來的世界。在這個世界裡，她跟夏都還沒死。青來到走廊上看著院子，樹上還沒有放上裝飾。她兩格兩格跳下樓梯，往還未點燈的廚房跑去，一把抱住為了處理火雞還沒下班的夏。青再一次感受到，懷中的溫度能夠使她感覺自己活著。青的舉動讓夏摸不著頭緒，他安撫著看起來十分疲憊的青。青以細小的聲音說：

「我在門後看到了很多東西，我不會讓你死的，我也不會死。」

回到臥房，青看著放在床頭的斧頭。她爬上床鋪，伸手拿起斧頭藏到床下。她不打算讓門後的惡夢再度上演，現在她終於知道那天的占卜是什麼意思。為了守護夏與自己，她該做的事情只有一件。

隔天，睡了一個短淺的覺，青依照計畫跟夏一起裝飾院子裡的樹。他們刻好要掛在樹梢的星星並塗上黃色，隨後一起共進晚餐。她很不希望這段時間就這樣過去。人們說的話、院子的風景、夏的表情，甚至連風吹的方向，都與她在門後所見一模一樣。太陽下山，領主返回，目睹兩人共進晚餐的領主，就如青初次在門後所看見的一樣，拿起夾子丟了出去，口中不斷大叫、咒罵。

青用表情對被拖出城外的夏示意，告訴他不要緊，並依領主所願，無力地被拖進房裡。房門徹底關上的那一刻，領主因發現應該掛在床頭的斧頭不見而慌張的瞬間。就在這一刻，青拿出事先藏在床底的斧頭，毫不猶豫地劈了下去。這件事她已經做過一次，接著發出劈柴的聲音。斧頭插進領主的頭，他就這麼倒下。青不在乎地擦去濺到臉上的血，坐在床緣看著頭歪向一邊的領主。青像是下定決心，伸手將斧頭拔了出來。

「這是我的份。」

接著她再一次揮動斧頭，朝脖子砍了下去。

「這是夏的份。」

最後，她又揮動斧頭，將勉強與身體連在一起的頭徹底砍了下來。

「這是那些死去女人的份。」

整個過程結束時，她綠色的洋裝已經血跡斑斑，藍色頭髮也沾滿了紅色的血。這樣三年後，夏就不會死，她也不會被斧頭殺害了。可是……事情就這樣結束了嗎？之後該怎麼辦呢？

這時，青才終於正視自己所做的事。她用斧頭殺害了自己的丈夫、殺害了領主。要是被抓到，那她肯定會被當成魔女送去受審，並被處以死刑。她是為了活命而殺領主，可不能就這樣死去。我想活下去，青喃喃自語。我會活下去，我會堅韌地、堅強地活下去。她將這些話說出口，反而使她更有自信。她不後悔用斧頭殺了領主。不光是有意殺了她，領主甚至還殺了很多女人，未來將會殺害更多人，也會殺害夏。但只有青知道這件事，這在過去與未來都是隱藏的真相。她能聽見下人在門外徘徊的聲音，思考了一下幾個可能的選擇，青像是獲得了神啟，領悟到自己能選擇的路只有一條。她就是知道。

啊，原來是會這樣，我的命運就是得不斷穿越那道門。

窗外正下著鵝毛大雪。她探頭望向窗外，遲遲沒有離開城堡的夏，正在樹下發抖，那樹頂的黃色星星正閃閃發亮。青隨意擦去臉上的血跡，並整理了一下頭髮，以盡可能歡快的聲音喊了夏一聲。夏抬頭看向窗戶，青朝他揮手大喊：

「夏，拜託你幫忙裝飾聖誕樹，星星一定要放在樹頂上！」

她決定不看夏最後的表情，也把我愛你這句話藏在嘴裡。青帶著砍殺領主的那把斧頭離開臥房，上樓往安靜的書房去。青知道門後會是什麼世界，也知道門後有著尚未開啟那扇門的自己與夏。那些遭到領主殺害的無數女子，也都還活在門後的世界裡。那門肯定會帶領自己通往那個世界，青想要守護他們，守護我們身處的、擁有眾多變數的世界。即使這裡的自己必須在時空裡漂泊，但她清楚知道自己該做什麼。

青持續越過那扇門，她一再穿越，有時門後的自己已死，有時則還活著。有時只有夏死去了，有時則有更多的女子死去。其他世界的自己有時是被領主殺害，有時則是遭處死刑，有時是在與夏逃亡的半路上死去，有時則是殺害領主後自殺，也有時候還沒有任何人死去。青越過每一道門，殺死了每一個世界裡的領主。殺死領主後，她會再一次越過門，接著便會再遇到另一個領主……偶爾，她會去到她曾經去過的世界。一再重複這樣的過程，後來她開始覺得領主的頭就像西瓜，斧頭對她來說也越來越輕巧。青穿越每一個次元，盡可能在充滿許多變數的情況下殺死領主。有時她會在門後的世界度過一個小時，有時則會待上三天，也有時候待上整整一年。在時空的縫隙間穿梭，嫉妒著因為自己殺害領主，得以白頭偕老的另一個青與夏，她逐漸老去。越過門的次數太多，青已經開始分不清時間，獨自在門與門之間穿梭、漂泊，終於在某一刻遇見過去的自己。

那是領主回國之前的時空。她必須撐到領主回來，因此需要維繫生計的手段。青藉著自己穿梭時空目睹、蒐集眾多事件的優勢，開始擺攤替人算命。她加入某個商團，跟著商團四處遷徙，終於來到一座村子落腳。當時正值慶典，那個時空裡，想找禮物送給夏的自己也四處徘徊。青叫住過去的自己，叫住那個跟自己不完全一樣的自己。

「要是出現了被禁止開啟的門，請妳務必打開，那才是妳唯一的活路。」

門後的世界並不是連續的。即使殺死了一個世界的領主，也不會像魔法一樣，讓之後的其他世界也不再受領主的掌控。她會殺死這個世界的領主，眼前這個年輕的自己，想必會有截然不同的未來。即便如此，她還是想告訴她，自己當初開啟了被禁止的門，努力存活了下來，僅此而已。

後來，她又穿越了更多的門。世界一個接著一個沒有盡頭，獨自在無數個世界裡徘徊，青幾乎忘了自己究竟是誰，只是重複一個習慣性的動作。穿過門、用斧頭劈砍領主的腦袋、再度穿過門。她的肉體迅速衰弱，藍色的頭髮失去了光澤。直到她又老又病，再也沒有力氣執起斧頭，青最後一次越門。眼前是一片白色的雪原，山丘上有一座小木屋。那裡傳出粥的香氣，溫暖的燈火自門縫溢出。她知道這是她最後一趟旅程，也知道那小木屋裡的孩子，將會代替再也無法拿起斧頭的自己，成為新的旅人。青邁開步伐往木屋走去。

夏站在藍色大門前。那是領主被殺害後，青消失滿三年的日子。三年來，他不斷回想那一年的聖誕節。頭被砸爛的領主、消失的斧頭與青，以及青最後對他喊出的那句話——星星一定要放在樹頂上。可無論如何回憶那每一個時刻，依然有些事他無法接受。青究竟在哪？她去了哪？為什麼沒有帶上自己？

夏回想自己最後一次見到的青。當青說出那句他不能理解的話之後，他便有一股不祥的預感，於是他透過運送食材的後門重新回到城裡。一走出廚房，他便看到渾身是血的青走在通往書房的樓梯上。他跟在青身後往書房去，進門之前，他聽見噠的一聲。他衝進書房，青卻不在裡面，只有那扇緊閉的藍色大門在迎接他。

他思念著不再回來的青，不斷回想那個時刻。青去了哪？為何沒帶上自己？青還存在嗎？

三年下來，他的結論只有一個，他當年並沒有看錯，青確實透過書房前往某個地方了，而書房裡只有那一扇門。

夏來到領主死後成為一片廢墟的城堡，站在那扇藍色的門前。窗外就跟那天一樣下著大雪。這些年來，他無數次開啟這扇門，卻只有一道老舊厚重的牆壁擋在他面前。但他有預感，今天會不一樣，因為今天是受祝福的白色聖誕。是青出生、消失的日子。夏摸著脖子上從來不曾拿下的項鍊，靜靜在內心反覆禱告。他握上門把，與平時不同的是，他感覺門後傳來動靜。他深吸一口氣並轉動門把。

離開小木屋後，老婦人走在雪原上。無論怎麼走，眼前都是一樣的風景。越加劇烈的風雪模糊了她的視線，老婦人扔下背在背上的斧頭。這把斧頭如今已鈍到連柴都砍不了，她直覺知道自己就要抵達終點。她曾經與無數個自己擦肩而過、曾經無數次站在遠方遙望自己心愛的人，但在人生的最後時刻，卻沒人守在她身旁。無所謂，如今她就要從藍色大門內的命運齒輪中解放。

青靠在一棵樹下，那棵樹與當年和溫柔的他一起裝飾的樹極為相似。睏意將她席捲，如果樹頂上掛了一顆星星，那不知該有多好。如海潮般湧來的睏意，讓她再也感受不到一絲寒冷。遠方有個形體穿越風雪朝自己走來，那或許是來將自己帶走的死神。為了臨去之前最後看上一眼，青抬起了頭，那是一張陌生卻熟悉的中年臉孔。青認不出男人是誰，卻覺得那立刻就要哭出來的神情，以及掛在脖子上的老舊項鍊似曾相識。

男人將背包放在青身旁，一一拿出裡頭的物品。那都是用木頭雕成的粗糙裝飾品。有某人的臉孔、鹿與雪人，以及早已褪色斑駁的黃色星星。男人說：

「我一直在找妳，找了好久。」

男人將星星放到青的手裡。瞬間，失去生機的青眼裡閃過一道光芒，早就被她遺忘的那些時刻在腦海中清晰浮現。都是因為斧頭、鮮血、嫉妒、後悔與孤獨而遺忘的時刻，都是如掛在樹上的裝飾品一樣，閃閃發光且真實存在的回憶。沒錯，我曾經有過這些回憶。就是那些時間造就了我、驅使我前進。找回自己之後，青才終於憶起那一直含在口中，始終沒能喊出的名字。她用盡最後一絲力氣，喊出那終於拂去歲月塵埃的名字。

「好久不見，夏。」

作者的話

這是我時隔兩年推出的短篇小說集。在下筆寫第一個故事之後過了二十四個月，我依然繼續在創作的這件事，讓我在寫後記的此刻感到格外開心。

這本書收錄了我二〇一九年五月至二〇二一年十二月之間寫的故事。在這段時間裡，我年齡的十位數換了一個數字，以為許多不會改變的事改變了，也有一些以為會改變卻沒有改變的事。有些故事即便出自於我的手，我卻仍然覺得陌生，有時候又覺得暴露太多自己的想法，好想立刻躲起來。即便這些都是虛構的故事，對我來說卻像一本長時間累積的日記。這會是為什麼呢？

出書這件事仍讓我感到害怕跟擔心，但也同樣覺得興奮與享受。在重新閱讀這些已經寫好的故事時，我也對自己未來想要開創的世界更有信心。

故事裡四處藏了當時不受認同的碎片，把那些碎片拼湊起來，想像總有一天將會實現的另一個世界，令我感到非常快樂。我認為這本小說集裡的每一個故事，都是一顆種子。希望在遙遠的未來裡，它們會持續向下扎根，帶我們看見更巨大、更寬廣的故事。

要為作者的話作結，對我來說依然很難。這兩年來，有好多我想仔細珍藏，未來細細品味的時刻。有時候我會想，小說創作終究是一個人的事，可現在我很清楚，事情並不是我想的那樣。我能夠繼續創作故事的動力，都是多虧了許多人溫柔的支持。

我要謝謝韓民族出版社與金俊燮總編輯，大方地對沒有什麼短篇小說庫存的我提議出一本小說集。謝謝為我的小說取了一個帥氣名字的河尚民編輯，也要謝謝每一位在出書過程中提供協助的人與S編輯。在這個季節，我不免會想起我們第一次見面時分享的笑容與綠蔭。在炎熱夏季的回憶角落，如果能有我的故事陪在你們身邊，我會非常開心。我依然不相信永遠，但唯有在故事裡我希望自己能永遠想像下去。謝謝。

二〇二三年夏

趙禮恩

收錄作品初次發表處

嗨，孩子們：雜誌《Littor》第20號（民音社，二〇一九）

肉與石榴：雜誌《Littor》第31號（民音社，二〇二一）

莉莉的手：《三個月亮》（ALMA，二〇二一）

新年的古斯米：雜誌《Epiic》第6號（茶山圖書，二〇二二）

最小的神：《懸浮微粒》（安全家屋，二〇一九）

與惡夢同行：〈時機〉第1號（Eum設計，二〇二一）

宇宙貓商店的秘密：《顯而易見的貓》（子音與母音，二〇一九）

藍髮的殺人魔：Ridibooks你喜歡小說嗎（二〇二一）

國家圖書館出版品預行編目資料

熱帶夜 / 趙禮恩 著；陳品芳 譯.--初版.--臺北市：皇冠. 2024.05
面；公分.--（皇冠叢書；第5156種）
（故事森林；03）
譯自：트로피컬 나이트

ISBN 978-957-33-4143-7(平裝)

862.57　　113004773

皇冠叢書第5156種
故事森林 03

熱帶夜

트로피컬 나이트

作　　者—趙禮恩
譯　　者—陳品芳
發 行 人—平　雲
出版發行—皇冠文化出版有限公司
臺北市敦化北路120巷50號
電話◎02-27168888
郵撥帳號◎15261516號
皇冠出版社(香港)有限公司
香港銅鑼灣道180號百樂商業中心
19字樓1903室
電話◎2529-1778　傳真◎2527-0904
總 編 輯—許婷婷
責任編輯—黃雅群
美術設計—嚴昱琳
行銷企劃—謝乙甄
封面插畫—Dofa Li
著作完成日期—2022年
初版一刷日期—2024年5月

法律顧問—王惠光律師

讀者服務傳真專線◎02-27150507
電腦編號◎592003
ISBN◎978-957-33-4143-7
Printed in Taiwan
本書定價◎新臺幣420元/港幣140元